Manuel Rivas

Le crayon
du charpentier

Traduit du galicien
par Ramón Chao et Serge Mestre

Gallimard

Titre original :

O LAPIS DO CARPINTEIRO

Manuel Rivas est né en 1957 à La Corogne en Galice. Il est journaliste, poète et auteur de plusieurs recueils de nouvelles. Il a obtenu en 1990 le prix de la Critique et en 1996 le prix Torrente Ballester et le prix national d'Espagne. L'une de ses nouvelles, *La langue des papillons*, a été adaptée au cinéma.

REMERCIEMENTS

À Chonchiña, et en souvenir de son grand amour Paco Come-
saña, le docteur Comesaña, qui lutta contre le mal de l'air.
À Ánxel Vázquez de la Cruz, médecin pour enfants.
Sans eux, cette histoire ne serait pas née.

Également à la mémoire de Camilo Díaz Baliño, peintre assassiné le
14 août 1936, et à celle de Xerardo Díaz Fernández, auteur de Os
que non morreron *et* A crueldade inútil, *mort en exil à Monte-*
video.

Avec toute ma gratitude envers les docteurs Héctor Verea, qui m'a
guidé dans la maladie de la tuberculose, et Domingo García
Sabell, qui m'a fait découvrir la personnalité magique de Roberto
Nóvoa Santos, maître en pathologie générale, décédé en 1933.
La consultation des recherches historiques de Dionisio Pereira,
V. Luis Lamela et Carlos Fernández fut également pour moi d'une
grande utilité.

À Juan Cruz, qui m'a tout simplement dit ceci : « Pourquoi n'écris-
tu pas cette histoire ? » Et qui m'a fait parvenir, par l'intermédiaire
de Rosa López, un très joli crayon de charpentier chinois.

À Quico Cadaval et Xurxo Souto, qui respirent des contes et la
lueur du brouillard.
À Xosé Luis de Dios, qui avec sa peinture m'a rappelé les lavan-
dières.

Et à Isa, parmi les rocailles de Pasarela, parmi les ruches de Cova
de Ladróns.

1

Il est là-haut, dans la galerie, il écoute chanter les merles.

Carlos Sousa, le journaliste, la remercia lorsqu'elle l'invita à entrer en esquissant un sourire. Oh oui, vraiment merci, se dit-il alors qu'il gravissait l'escalier, il devrait y avoir des yeux comme ceux-là à l'entrée de toutes les maisons.

Assis sur une chaise de paille, près d'un guéridon recouvert d'une épaisse nappe, la main posée sur son livre ouvert comme qui ferait sienne et méditerait une page remarquable, le docteur Da Barca regardait en direction du jardin enveloppé dans une aura de lumière hivernale. Le tableau aurait été plutôt paisible s'il n'y avait eu le masque à oxygène. Le tuyau qui le reliait à la bouteille se balançait au-dessus des fleurs blanches du massif d'azalées. Sousa trouva cette scène d'une inquiétante et comique mélancolie.

Lorsque, alerté par le grincement des lames

du plancher, il s'aperçut qu'il avait de la visite, le docteur Da Barca se leva et retira le masque avec une agilité surprenante, comme s'il s'agissait de la commande d'une console de jeux. Grand et large d'épaules, il avait ouvert ses bras en arc de cercle. On aurait dit que sa fonction la plus naturelle était d'étreindre les gens.

Sousa fut extrêmement étonné. Il était persuadé qu'il allait rendre visite à un agonisant. Il était bien embarrassé lorsqu'il avait accepté d'arracher les derniers mots à un vieillard au passé agité. Il s'attendait à entendre un faible filet de voix, des propos incohérents, la lutte pathétique contre la maladie d'Alzheimer. Il n'aurait jamais pu imaginer une agonie aussi rayonnante, comme si en réalité le patient était branché sur un groupe électrogène. Mais ce n'est pas de la maladie d'Alzheimer que souffrait le docteur Da Barca, il arborait la beauté phtisique de tous les tuberculeux. Ses yeux écarquillés étaient comme des lumignons à la lueur voilée. Son visage était pâle comme de la porcelaine, et ses joues étaient légèrement teintées de rose.

Voilà le reporter, dit-elle sans cesser de sourire. Regarde comme il est jeune.

Pas si jeune que ça, protesta Sousa, en posant un regard pudique sur la femme. J'ai été bien plus jeune que je ne le suis.

Asseyez-vous, asseyez-vous, dit le docteur Da

Barca. J'étais en train de savourer une lampée d'oxygène. Vous en voulez une goutte ?

Le reporter Sousa se sentit quelque peu soulagé de se retrouver, après avoir frappé à la porte, devant cette splendide vieille dame qui semblait avoir été choisie par le burin du temps pour représenter un Caprice, et devant cet homme gravement malade, hospitalisé il y a à peine deux jours, mais aussi en forme qu'un champion cycliste. Au journal, on lui avait dit : Va l'interviewer. C'est un vieil exilé. Il paraît qu'il a même fréquenté Che Guevara au Mexique.

Mais qui est-ce que cela pouvait intéresser aujourd'hui ? À part le chef de l'information locale qui lit tous les soirs *Le Monde diplomatique*. Sousa avait horreur de la politique. En réalité, il avait horreur du journalisme. Ces derniers temps, il avait travaillé à la rubrique des faits divers. Il en était dégoûté. Il s'était dit que le monde était vraiment un tas de fumier.

Les doigts extrêmement longs du docteur Da Barca pianotaient comme des touches animées d'une vie autonome, comme si elles étaient restées accrochées à l'orgue, en vertu d'une fidélité ancestrale. Le reporter Sousa eut l'impression que les doigts du docteur étaient en train de l'explorer du dedans, et qu'ils pianotaient à l'intérieur de son corps. Il se dit que le docteur était en train d'analyser, grâce au lumignon de ses yeux vieillissants, le sens à donner à ses cernes encore jeunes, à ses paupières prématurément boursouflées, comme si c'était lui le malade.

Et il se pourrait bien qu'il soit lui-même malade, se dit-il.

Marisa, ma chérie, apporte-nous quelque chose à boire. Il est indispensable que cet article nécrologique soit parfaitement réussi.

Tu dis n'importe quoi ! s'exclama-t-elle. Je n'apprécie pas du tout ce genre de plaisanteries.

Le reporter Sousa allait décliner l'invitation, mais il se ravisa. Il comprit que ce serait une erreur de refuser de boire un verre. D'ailleurs voilà des heures que son corps le lui réclamait, un verre, un maudit verre, il le lui réclamait depuis qu'il s'était réveillé et, à cet instant précis, il comprit qu'il venait de tomber sur un de ces voyants qui lisent dans les pensées d'autrui.

J'espère que vous n'êtes pas un *sieur Hache-Deux-O* !

Non, répondit-il en poursuivant la plaisanterie, je dirai même que ce n'est pas précisément l'eau qui me pose des problèmes.

Magnifique. Nous avons une tequila mexicaine, à réveiller un mort. S'il te plaît, Marisa, apporte-nous deux verres. Et puis il tourna son regard vers le reporter et lui lança un clin d'œil. Ainsi, les petits-enfants n'ont pas oublié leur grand-père révolutionnaire, n'est-ce pas ?

14

Comment vous sentez-vous ? demanda Sousa. Il fallait bien trouver quelque chose pour commencer.

Comme vous le voyez, dit le docteur en écartant les bras, l'air jovial, je suis en train de mourir. Vous êtes sûr que c'est bien intéressant de m'interviewer ?

Le reporter Sousa se souvint de ce qu'on lui avait dit à son rendez-vous du Café Oeste. Que le docteur Da Barca était un Rouge indomptable. Qu'il avait été condamné à mort en 1936 et qu'il s'en était sorti par miracle. Un vrai miracle, insista le journaliste chargé de l'informer. Et que, après son emprisonnement, il était parti s'exiler au Mexique, d'où il avait toujours refusé de retourner en Espagne tant que Franco ne serait pas mort. Il n'avait pas renoncé à ses idées. Ou plutôt à l'Idée, comme il disait. C'est un homme d'une autre époque, avait conclu le journaliste.

Je ne suis plus qu'un ectoplasme, lui dit le docteur. Ou disons plutôt un extraterrestre. C'est pour cette raison que j'ai des difficultés à respirer.

Le chef de l'information locale lui avait remis une coupure de journal avec une photographie et une petite note annonçant un hommage populaire en l'honneur du docteur. On voulait le remercier pour les soins gratuits qu'il avait toujours prodigués aux pauvres gens. « Depuis son

15

retour d'exil, racontait une voisine, il n'a jamais fermé sa porte à clé. » Sousa expliqua qu'il regrettait de ne pas lui avoir rendu visite plus tôt. Et que l'interview était prévue de longue date, bien avant son séjour à l'hôpital.

Sousa, vous n'êtes pas d'ici, n'est-ce pas ? demanda le docteur en changeant de sujet.

Il répondit que non, qu'il était né plus au nord. Qu'il n'y avait pas longtemps qu'il s'était installé dans la région, et que ce qu'il préférait, c'était la douceur du climat : Les Tropiques en Galice. De temps en temps, il se rendait au Portugal pour aller manger de la morue à Gomes de Sáa.

Sans indiscrétion : Est-ce que vous vivez seul ?

Le reporter rechercha la présence de la femme, mais elle était sortie doucement, sans rien dire, après avoir posé les deux verres et la bouteille de tequila. La situation était étrange, c'était celle de l'interviewer interviewé. Il allait dire oui, qu'il vivait très seul, trop seul, mais, pour toute réponse, il éclata de rire. Il y a bien la patronne de la pension, elle s'inquiète toujours de ma maigreur. Elle est portugaise, mariée à un Galicien. Quand ils se disputent, elle le traite de sale Portugais et il la traite de sale Galicienne. Je préfère passer sur les autres adjectifs qu'ils s'envoient à la figure : c'est parfois vraiment du gros calibre !

Le docteur Da Barca sourit, il avait l'air pensif. Le seul intérêt des frontières ce sont les passages clandestins. Les antagonismes provoqués par une ligne imaginaire tracée un jour dans son lit par un roi simplet, ou dessinée par les puissants sur un tapis de poker, sont absolument terribles. Je me souviens d'une chose effroyable que m'a dite un jour un homme. Mon grand-père a été le pire des individus qu'on puisse imaginer. Pourquoi, qu'a-t-il donc fait, il a tué quelqu'un ? lui ai-je demandé. Non, non ce n'est pas du tout ça. Mon grand-père paternel a été domestique chez un Portugais. Ce type était aigri, gorgé d'une incroyable bile historique. Eh bien, moi, lui dis-je pour l'embêter, si je pouvais choisir ma nationalité, je choisirais d'être portugais. Fort heureusement, c'est une frontière qui finira par s'estomper et se dissoudre dans sa propre absurdité. Les vraies frontières, ce sont celles qui parquent les pauvres loin du gâteau.

Le docteur Da Barca trempa ses lèvres dans le verre et le leva comme pour porter un toast. Je vais vous dire : Je suis un révolutionnaire, expliqua-t-il soudain, un internationaliste. Un internationaliste de l'époque. De l'époque de la Première Internationale, si vous voyez ce que je veux dire ! Vous trouvez ça étrange, n'est-ce pas ?

Moi, je ne m'intéresse pas vraiment à la politique, répondit instinctivement Sousa, je m'intéresse tout simplement à l'individu.

L'individu, bien sûr, murmura Da Barca. Avez-vous entendu parler du docteur Nóvoa Santos [1] ?

Non.

C'était un individu très intéressant. C'est lui qui a inventé la théorie de la réalité intelligente.

Je suis désolé de ne pas le connaître.

Ne vous inquiétez pas. Presque personne ne se souvient de lui, y compris les médecins. La réalité intelligente, oui, Monsieur. Nous déroulons tous un fil, comme le font les vers à soie. Nous grignotons et nous nous disputons tout pareillement les feuilles des mûriers, mais si ce fil vient à s'entrelacer avec d'autres fils, s'il vient à se tisser, il peut quelquefois produire un magnifique tapis ou un tissu extraordinaire.

Le soir tombait. Dans le potager, un merle prit son envol telle une clé de sol toute noire. On aurait dit qu'il venait soudain de se rappeler un rendez-vous, de l'autre côté de la frontière. La splendide vieille dame pénétra à nouveau dans la galerie, progressant avec la douce lenteur d'une clepsydre à eau.

Marisa, lui dit-il tout à coup, te souviens-tu du poème sur le merle, celui du pauvre Faustino [2].

1. Médecin et intellectuel galicien, il faisait partie du Groupe au Service de la République aux côtés d'Ortega y Gasset. Il fut député de la Constituante en 1931. *(Toutes les notes sont des traducteurs.)*

2. Il s'agit de Faustino Rey Romero, poète et homme d'Église. Opposant au régime de Franco et à l'Église officielle de l'époque, il fut obligé de s'exiler en Amérique.

Tanta paixón et tanta melodía
tiñas nas túas veas apreixada,
que unha paixón a outra paixón sumada,
no breve corpo teu xa non cabía [1].

Elle le dit sans se faire prier et sans trop y mettre le ton, comme si cela lui venait naturellement. Son regard, semblable à la transparence des vitraux au crépuscule, émut le reporter Sousa. Il avala un long trait de tequila pour s'assurer qu'elle brûlait vraiment.

Qu'en pensez-vous ?

Superbe, répondit Sousa. De qui est-ce ?

D'un curé poète qui adorait les femmes. Il sourit : Voilà un cas de réalité intelligente.

Et vous deux, comment vous êtes-vous rencontrés ? demanda le reporter, enfin décidé à prendre des notes.

Moi, je l'avais déjà remarqué alors qu'il se promenait le long de l'Alameda. Mais la première fois que je l'ai entendu parler, c'est dans un théâtre, expliqua Marisa sans quitter le docteur Da Barca des yeux. Ce sont des amies qui m'y avaient emmenée. C'était un meeting républicain où l'on devait débattre du droit de vote

1. Tant de passion et tant de mélodie / dans tes veines étaient emprisonnées / qu'une passion à une autre passion ajoutée, / ne pouvaient être contenues dans ton corps si petit.

des femmes. Aujourd'hui, cela peut sembler étrange, mais à l'époque, c'était une question très controversée, y compris chez les femmes. N'est-ce pas ? C'est alors que Daniel se leva et raconta cette fameuse histoire à propos de la reine des abeilles. T'en souviens-tu, Daniel ?

L'histoire de la reine des abeilles, qu'est-ce que c'est que ça ? demanda Sousa intrigué.

Dans l'Antiquité, on ne connaissait rien sur la naissance des abeilles. Les savants, tels qu'Aristote, avaient inventé des théories abracadabrantes. On prétendait par exemple que les abeilles sortaient du ventre des bœufs morts. Cela dura pendant des siècles et des siècles. Et savez-vous pourquoi la chose se passa de la sorte ? Eh bien, parce qu'ils étaient incapables d'admettre que le roi fût une reine. Comment nourrir la liberté, si l'on part d'un tel mensonge ?

On l'applaudit à tout rompre, ajouta-t-elle.

Bah. Ce ne fut pas un si grand triomphe, commenta le docteur avec humour. Mais il est vrai qu'on me gratifia de quelques applaudissements.

Et Marisa ajouta :

Il me plaisait déjà beaucoup. Mais c'est après l'avoir entendu parler, ce jour-là, que je l'ai trouvé si séduisant. Et particulièrement après que mes parents m'eurent avertie : Ne t'approche surtout pas de cet homme. Ils avaient immédiatement pris des renseignements sur son compte.

Moi, je croyais qu'elle était couturière, dit le docteur Da Barca.

Marisa se mit à rire :

Oui, je lui avais menti. J'étais allée me faire faire une robe dans un atelier qui se trouvait en face de la maison de sa mère. Je sortais de l'essayage tandis qu'il revenait de ses visites à domicile. Il me regarda et, moi, je suivis mon chemin, mais soudain il se retourna : Tu travailles ici ? Je répondis oui. Et il me lança : Quelle belle couturière. Toi tu ne dois coudre qu'avec du fil de soie, n'est-ce pas ?

Les vieux yeux tatoués de désir du docteur Da Barca ne la quittaient plus.

Un revolver tout rouillé doit encore se trouver quelque part, dans les ruines archéologiques de Saint-Jacques-de-Compostelle. C'est celui qu'elle nous a apporté à la prison pour qu'on tente de s'évader.

2

Herbal ne parlait presque jamais.

Il frottait très méticuleusement les tables avec un torchon, comme s'il était en train de faire briller un instrument de musique avec une peau de chamois. Il vidait les cendriers et balayait lentement la salle, en donnant le temps au balai de fouiller correctement dans les angles. Il répandait un aérosol parfumé au sapin canadien — c'est ce qui était écrit sur l'emballage — en faisant des cercles autour de lui, puis il allumait le néon qui donnait sur la route, avec des lettres rouges et une silhouette de walkyrie semblant soulever le poids de ses seins grâce à ses deux puissants biceps. Il branchait enfin la chaîne stéréo et mettait ce si long disque : *Ciao, amore,* qui se répétait, telle une charnelle litanie, toute la nuit. Manila frappait dans ses mains et se passait les doigts dans les cheveux comme si elle faisait ses débuts dans un cabaret et qu'Herbal tirait le verrou de la porte pour laisser entrer les clients.

Manila disait :

Allez, les filles, aujourd'hui nous allons avoir la visite des types aux chaussures blanches.

Du thon blanc. De la farine de poisson. De la cocaïne. Les types aux chaussures blanches avaient envahi le territoire des vieux contrebandiers de Fronteira.

Herbal était toujours accoudé au bout du comptoir, comme un garde civil dans sa guérite. Elles savaient parfaitement qu'il était là, en train d'examiner chacun de leurs mouvements, d'observer les types qui avaient, comme il disait, une gueule de fric et une langue tranchante. Il ne quittait que très rarement son poste de surveillance pour aller aider Manila à servir quelques verres, pendant les exceptionnels moments d'affluence. Il les servait à la manière des cantiniers pendant la guerre : on aurait dit qu'il versait les alcools directement dans le foie des clients.

Maria da Visitação avait débarqué depuis peu de temps d'une île de l'Atlantique africain. Elle n'avait pas de papiers. On l'avait en quelque sorte vendue à Manila. À part la route qui menait à Fronteira, elle ne connaissait presque rien de son nouveau pays. Elle la regardait depuis son appartement isolé, sans voisinage, au-dessus du club. Sur le rebord de la fenêtre, il y avait un géranium, et si on avait pu l'observer du dehors, pendant qu'immobile elle guettait, accoudée à la rambarde, on aurait dit que plusieurs papillons rouges étaient venus se poser sur le totem de son superbe visage.

De l'autre côté de la route, il y avait une haie avec des mimosas. Tout au long de ce premier hiver passé ici, ces arbres l'avaient beaucoup réconfortée. Ils fleurissaient en bordure de la route comme des chandelles, comme une offrande destinée aux âmes du purgatoire, et cette vision lui réchauffait le cœur. Cette vision, mais aussi le chant des merles, avec leurs sifflements mélancoliques d'âme en peine. Derrière la haie, il y avait un cimetière de voitures. Parfois on apercevait des gens qui cherchaient des pièces parmi la ferraille. Mais le seul habitant régulier des lieux était un chien enchaîné à une automobile sans roues qui lui servait de niche. Il sautait sur le toit et aboyait toute la journée. Ça, par contre, ça ne la réconfortait pas, ça lui donnait plutôt froid. Elle se disait qu'elle était trop au nord. Et qu'au-dessus de Fronteira commençait un paysage de brouillard, de tempêtes et de neige. Les hommes qui venaient de là-bas avaient les yeux comme des phares, ils n'arrêtaient pas de se frotter les mains lorsqu'ils pénétraient dans le club et ils avalaient des alcools forts.

Ils n'étaient vraiment pas très bavards.

Comme Herbal.

Elle aimait bien Herbal. Il ne l'avait jamais menacée, il n'avait jamais levé la main sur elle pour la frapper, comme elle avait entendu dire que l'on faisait avec les filles dans d'autres clubs sur le bord de la route. Manila non plus ne l'avait pas frappée, mais sa bouche ressemblait quelquefois à un canon de gros calibre. Maria da Visitação s'était aperçue que l'humeur de Manila dépendait de son repas. Lorsqu'elle avait bien mangé, elle les traitait comme ses propres filles. Mais les jours où elle s'apercevait qu'elle était trop grosse, elle lançait des injures en vomissant toute sa graisse. Aucune fille ne savait très bien quelle était la relation qu'entretenaient Herbal et Manila. Ils dormaient ensemble. Ou plutôt ils dormaient dans la même chambre. Au club, ils se comportaient comme si elle était la propriétaire et lui son employé, mais personne ne donnait ou ne recevait d'ordres. Elle ne jurait jamais lorsqu'elle s'adressait à lui.

Le club ouvrait à la tombée de la nuit. Les filles dormaient pendant la journée. En tout début d'après-midi, Maria da Visitação descendit dans la salle. Elle s'était réveillée avec la gueule de bois, la bouche pâteuse, le sexe douloureux à cause des puissantes décharges des contrebandiers. Elle eut envie de se verser un jus de citron dans de la bière fraîche. Herbal se trouvait là, volets fermés, assis à une table sous une lampe qui diffusait un puits de lumière dans la pénombre.

Il dessinait sur des serviettes en papier avec un crayon de charpentier.

3

Je suis désolé, camarade ; et mon oncle appuyait sur la gâchette.

J'aurais préféré ne pas avoir à le faire, mon ami ; et cette fois mon oncle ajustait un grand coup de matraque derrière la tête du renard pris au piège.

La relation qui s'établissait entre mon oncle, le braconnier, et sa proie, ne durait que l'instant d'un regard. À peine le temps de lui expliquer avec les yeux — et moi aussi j'avais adopté cette façon de murmurer — qu'il n'avait pas le choix.

Voilà exactement ce que j'ai éprouvé avec le peintre. J'avais déjà commis de nombreuses atrocités, mais, lorsque je me suis retrouvé devant lui, j'ai marmonné en moi-même que j'étais désolé, que j'aurais préféré ne pas avoir à le faire. J'ignore ce qu'il s'est dit, lui, lorsque son regard a croisé le mien, juste avant cette détonation humide dans la nuit, mais je préfère penser qu'il avait compris, qu'il avait deviné que je faisais ça pour lui éviter des soucis. Sans plus, sans autre cérémonie, j'avais pointé le canon du pistolet sur sa tempe et je lui avais fait exploser la tête. Puis je m'étais souvenu du crayon. Le crayon qu'il avait mis sur son oreille. Ce crayon-ci.

4

Les gars de la bande, les *paseadores*[1] qui se faisaient appeler la Brigade de l'Aube, furent extrêmement fâchés. D'abord, ils le regardèrent d'un air surpris, comme s'ils se disaient : Quel imbécile, le coup de feu est parti tout seul, ce n'est pas une façon de tuer, ça. Mais un peu plus tard, sur le chemin du retour, ils ruminaient encore que sa précipitation avait gâché la fête. Ils avaient certainement prévu de le torturer un peu, avant de l'achever. Peut-être voulaient-ils d'abord lui couper les couilles et les lui mettre dans la bouche. Ou lui trancher les mains, comme ils l'avaient fait au peintre Francisco Miguel et au tailleur Luis Huici. Vas-y, maintenant tu peux toujours essayer de coudre, mon cher dandy !

1. Il s'agit des franquistes qui organisaient des promenades *(paseos)* pour les prisonniers. Ces promenades n'étaient autres que des exécutions sommaires souvent précédées de tortures.

Allons, ne sois pas effrayée, ma belle, à l'époque, on faisait ça comme qui rigole, expliqua Herbal à Maria da Visitação. Je connais un type qui est allé présenter ses condoléances à une veuve et qui lui a remis l'annulaire de son mari. Elle l'a reconnu grâce à l'alliance.

Le directeur de la prison, un homme très tourmenté, un vieux copain de plusieurs individus que l'on avait arrêtés, demanda à Herbal de se joindre à eux cette nuit pour procéder à une exécution. Il le prit à part — sa montre-bracelet tremblait à son bras — et lui dit à voix basse : Je ne veux surtout pas qu'il souffre, Herbal. Quelles que soient les circonstances, il fallait toujours qu'il fasse son petit numéro. Puis il conduisit les *paseadores* jusqu'à la cellule. Eh ! toi, le peintre, lança-t-il, tu peux sortir, tu es libre. La cloche de la cathédrale venait de sonner les douze coups de minuit. C'est à cette heure-là qu'on me libère, à minuit ? demanda le peintre, méfiant. Bon, oui ! allez, sors ! ne me complique pas la tâche. Cachés au fond du couloir, les phalangistes n'arrêtaient pas de se marrer.

Pour Herbal, ce n'était pas bien difficile d'obéir à un ordre tel que celui-là. D'abord parce que, lorsqu'il s'agissait de tuer quelqu'un, il se rappelait toujours son oncle, le braconnier, celui qui donnait des prénoms aux animaux, qui appelait les lièvres *Josefina* et les renards *don*

Pedro. Et aussi parce qu'Herbal admirait le peintre, c'était un homme juste et droit. Au cours de ses allers et venues dans la prison, il s'adressait à son surveillant comme si c'était une ouvreuse de cinéma.

Le peintre ne savait rien à propos d'Herbal, mais Herbal, lui, savait plusieurs petites choses concernant le peintre. On racontait que son fils avait lancé, en compagnie d'autres garçons, des cailloux contre la maison de l'Allemand, un partisan d'Hitler qui enseignait sa langue à Saint-Jacques-de-Compostelle. Ils lui avaient cassé toutes les vitres. Très irrité, l'Allemand était allé se plaindre au commissariat comme s'il avait été victime d'un complot international. Mais quelques instants plus tard le peintre se présenta au commissariat avec son fils, un garçon très menu et extrêmement nerveux qui ouvrait des yeux grands comme des soucoupes, et il expliqua que son garçon était un des enfants qui avaient lancé des cailloux. Le commissaire lui-même n'en croyait pas ses oreilles. Il prit la déposition et demanda au peintre de s'en aller avec son fils.

Le peintre était un type très honnête, expliqua Herbal à Maria da Visitação. Il fut un de nos premiers prisonniers. Le sergent Landesa prétendit qu'il était très dangereux. Dangereux, lui ? Il ne ferait même pas de mal à une mouche. Et qu'en savez-vous ? répliqua le sergent sur un ton énigmatique. Ce sont bien les affichistes qui peignent les idées, non ?

Après le coup d'État, ils jetèrent les républicains les plus notoires en prison. Mais il y avait parmi eux des individus beaucoup moins marqués politiquement, et dont le seul point commun était de faire partie de la mystérieuse liste noire du sergent Landesa. La prison de Saint-Jacques-de-Compostelle, connue sous le nom de la Falcona, se trouvait derrière le palais de Raxoi, dans la pente qui débouchait sur la place de l'Obradoiro, juste en face de la cathédrale, de telle façon que, si l'on creusait un tunnel, on aboutissait à la crypte de l'Apôtre. Là où commençait le quartier de l'Inferniño. Toutes les cathédrales médiévales, ces grands temples de Dieu, ont toujours été situées tout près d'un Inferniño, ce lieu de péché. Le Pombal se trouvait donc derrière la prison, et c'était tout simplement le quartier des putes.

Les murs de la prison étaient composés de dalles tapissées de mousse. Par chance, si l'on peut dire, ils vécurent dans l'antichambre de la mort en plein été. Car, en hiver, la Falcona était un vrai frigo qui sentait le moisi et dont l'air était aussi lourd que des feuilles détrempées. Mais, à l'époque, personne ne pensait encore à l'hiver.

Pendant ces premiers jours, tout le monde avait l'air normal, aussi bien les prisonniers que les surveillants. On aurait dit des voyageurs surpris par une panne dans une montée de la vie et attendant qu'un coup de manivelle providentiel relance la machine pour que le voyage reprenne. Ainsi, le directeur autorisait la visite des familles et ne voyait aucun inconvénient à ce qu'on apporte aux détenus des petits plats mitonnés à la maison. Les prisonniers, quant à eux, bavardaient à l'heure de la promenade apparemment en toute tranquillité. Ils s'asseyaient par terre et s'adossaient au mur avec la même insouciance que s'ils s'étaient adossés à une chaise, devant les tables garnies de tasses fumantes du Café Español décoré de fresques du peintre. Ou alors ils bavardaient comme des ouvriers à l'heure de la pause qui, après avoir tiré une ironique révérence à leur patron, le soleil, et après avoir craché pour marquer leur territoire, vont chercher un peu d'ombre afin de boire et de manger leur eau et leur pain, puis éclatent de rire en guise de dessert. Les prisonniers étaient en costume ou en tricot de corps, et la longueur de l'attente ainsi que la poussière du calendrier uniformisaient leur allure dans la cour, tout comme la couleur sépia sur une photo de groupe. On ressemble à des paysans. On ressemble à des vagabonds. On ressemble à des gitans. Non, dit le peintre, on ressemble à des prisonniers. On commence à prendre la couleur des prisonniers.

Pendant ses heures de garde, Herbal pouvait les écouter de très près. Cela le distrayait, c'était comme une radio dont l'aiguille bavarde aurait parcouru d'un bout à l'autre le cadran des ondes. Il s'approchait d'eux comme si de rien n'était, sans en avoir l'air et, appuyé contre l'embrasure de la porte qui donnait sur la cour, il allumait une cigarette. Lorsqu'il s'en allait, les prisonniers commençaient à parler politique. Quand on se sera sorti de ce coup dur, disait Xerardo, un instituteur de Porto do Son, la République devra se débarrasser de toutes ces ordures, comme le font les marins surpris par la tempête. Ce sera une République fédérale.

À présent, ils parlaient du chaînon manquant entre le singe et l'homme.

Dans un certain sens, disait le docteur Da Barca en souriant ironiquement, l'être humain n'est pas le fruit de la perfection, mais plutôt celui de la maladie. Le mutant, dont nous sommes issus, fut un jour obligé de se redresser à cause de je ne sais quel problème pathologique. À mon avis, il devait se sentir très inférieur à ses prédécesseurs quadrupèdes. Et ne parlons même pas de la perte du poil et de la queue. Du point de vue biologique, ce fut une vraie calamité. Je crois que c'est le chimpanzé qui a inventé le rire la première fois qu'il s'est retrouvé face à l'*Homo erectus*. Essayez donc d'imaginer ça : un type debout, sans queue et à moitié pelé. C'est pathétique, non ? C'est à mourir de rire.

Moi, je préfère les écrits de la Bible à ceux de l'évolution des espèces, expliqua le peintre. La Bible est pour l'instant le meilleur scénario du monde.

Non. Le meilleur scénario, c'est précisément ce que nous ignorons : le poème secret de la cellule, messieurs !

Ce que j'ai lu dans la feuille paroissiale est-il exact, Da Barca ? coupa avec ironie Casal [1]. Il paraît que tu as prétendu, au cours d'une conférence, que l'homme avait la nostalgie de sa queue.

Tout le monde éclata de rire, à commencer par celui que l'on venait d'interpeller, qui poursuivit sur le même ton ironique : Absolument ! Et j'ai également expliqué que l'âme est logée dans la glande thyroïde ! Mais puisque nous parlons de cela, je vais vous avouer quelque chose. Dans les hôpitaux, nous avons souvent à traiter des cas de vertiges et d'étourdissements qui se produisent lorsque l'être humain se redresse trop rapidement. Eh bien, ce ne sont

1. Actif républicain galicien, il fonda quelques-unes des plus grandes maisons d'édition des années vingt, comme les éditions Nós, où l'on publia les *Seis poemas gallegos* de Federico García Lorca. Arrêté par les auteurs du coup d'État, alors qu'il était maire de Saint-Jacques-de-Compostelle, il sera assassiné la même nuit que le poète de Grenade.

ni plus ni moins que les restes du dérèglement fonctionnel qui s'est produit lorsque l'homme a dû opter pour la station debout. Il est indéniable que l'être humain possède la nostalgie de son horizontalité. Et en ce qui concerne la queue, il convient d'admettre que c'est une étrangeté, une défaillance biologique, que l'homme n'en possède pas, ou plutôt que celle qu'il possède soit coupée. L'absence de queue est d'ailleurs un facteur non négligeable pour expliquer l'origine du langage parlé.

Ce que je ne comprends pas, dit le peintre amusé, c'est que toi, qui es si matérialiste, tu puisses encore croire à la *Santa Compaña*[1].

Un instant ! Je ne suis pas matérialiste. Ce serait une vulgarité de ma part et un mépris pour la matière qui s'acharne à lutter contre son état afin de ne pas s'ennuyer. Je crois à une réalité intelligente et, comme qui dirait, à un environnement surnaturel. À ras de terre, le mutant érigé rendit son sourire au chimpanzé. Il reconnut sa condition dérisoire. Il se savait imparfait et anormal. Et c'est pour cette raison qu'il possédait un instinct de mort. Il était à la fois plante et animal. Il avait des racines et il n'en avait pas. C'est de cet embarras et de cette

1. Procession nocturne d'âmes en peine, à laquelle sont invités à prendre part les vivants dont la mort est annoncée pour l'année en cours.

bizarrerie qu'a surgi le grand chambardement. Une seconde nature. Une autre réalité. Ce que le docteur Nóvoa Santos avait baptisé la réalité intelligente.

J'ai connu Nóvoa Santos, dit Casal. J'ai édité quelques textes de lui et je peux vous assurer que nous étions bons amis. Cet homme était un vrai prodige. Quelqu'un de trop exceptionnel pour un pays aussi ingrat que le nôtre.

Le maire de Saint-Jacques-de-Compostelle, qui consacrait son modeste pécule à l'édition de livres, marqua une pause et, un peu triste, évoqua la mémoire de son ami : Les pauvres l'appelaient Novo Santo [1]. Mais la clique des ecclésiastiques et des universitaires le haïssait. Un jour il fit irruption au casino et il jeta tous les meubles par la fenêtre. Un garçon venait de se suicider à cause de ses dettes de jeu. Les idées de Nóvoa étaient aussi pertinentes qu'une constitution : Il faut être à la fois bon et rebelle. Lors de sa leçon inaugurale, quand il obtint sa chaire à l'université de Madrid, l'ensemble de l'amphithéâtre, deux mille personnes, se leva. Il fut applaudi comme si c'était un artiste, comme si c'était Caruso, alors qu'il n'avait parlé que des réflexes du corps humain !

Alors que j'étais étudiant, j'ai eu le privilège d'assister à une de ses consultations, expliqua

1. Le Nouveau Saint.

Da Barca. Nous l'avons accompagné lors de l'une de ses visites à un vieux mourant. C'était un cas assez rare. Personne ne parvenait à trouver de quelle maladie souffrait le patient. L'hôpital de la Charité était si humide que lorsque les mots sortaient de la bouche ils étaient recouverts de mousse. À peine don Roberto le vit-il, et sans même le toucher, qu'il dit : Cet homme a tout simplement faim et froid. Qu'on lui serve autant de bouillon qu'il pourra en avaler et qu'on lui apporte deux couvertures supplémentaires.

Et vous, docteur, vous croyez vraiment à la *Santa Campaña*? interrogea naïvement Dombodán.

Da Barca lança un regard circulaire, pénétrant et théâtral, en direction de ses amis.

Je ne crois pas à la *Santa Campaña* par typologisme, mais tout simplement parce que je l'ai vue. Lorsque j'étais étudiant, je suis allé fouiller une nuit l'ossuaire qui se trouve près du cimetière de Boisaca. Je devais passer un examen et j'avais besoin d'un sphénoïde, c'est un os du crâne extrêmement difficile à étudier. Le sphénoïde est une merveille à cause de sa forme de chauve-souris ailée. C'est alors que j'ai entendu quelque chose qui ne ressemblait pas à un bruit. On aurait dit que le silence entonnait un chant grégorien. Et voilà que soudain se profila devant mes yeux un cortège de lueurs. Je me

suis tout à coup retrouvé, excusez ma pédante-
rie, devant des restes ectoplasmiques.

Il était superflu de s'excuser car tout le monde
avait compris ce qu'il voulait dire. Les prisonniers l'écoutaient très attentivement, mais l'expression des différents regards allait cependant
de l'acquiescement au doute.

Et alors ?

Et alors, rien ! J'ai pris mon paquet de ciga-
rettes dans les mains, au cas où on m'en aurait
demandé une, mais ils ont poursuivi leur chemin comme des motards silencieux.

Où est-ce qu'ils allaient ? demanda, inquiet,
Dombodán.

Ce coup-ci, le docteur Da Barca le regarda
d'un air extrêmement sérieux, évitant de laisser
paraître la moindre trace de cynisme.

Ils s'en allaient vers l'Éternelle Indifférence,
mon cher ami.

Mais, devant le trouble de Dombodán, il rec-
tifia immédiatement avec un sourire : En réalité, je pense qu'ils allaient à San Andrés de
Teixido, où vont les mourants qui n'y sont pas
allés lorsqu'ils étaient vivants. Oui, je crois que
c'est là-bas qu'ils allaient.

Je vais vous raconter une histoire. C'est le typographe Maroño qui rompit le silence, un socialiste que ses amis avaient surnommé O'Bo [1]. Ce

1. Le Bon.

n'est pas une légende. C'est une histoire qui a vraiment eu lieu.

Et où a-t-elle eu lieu ?

En Galice, répondit O'Bo, d'un air provocateur. Où voulez-vous qu'elle ait eu lieu ?

Parfait.

Bon, allons-y : Deux sœurs habitaient un patelin qui s'appelait Mandouro. Elles vivaient seules, dans une maison de laboureurs que leur avaient léguée leurs parents. Depuis la maison, on apercevait la mer et beaucoup de navires qui, partis d'Europe, mettaient le cap sur les mers du Sud. Une des sœurs s'appelait Vie et l'autre s'appelait Mort. C'étaient deux belles filles robustes et gaies.

Est-ce que celle qui s'appelait Mort était aussi belle que l'autre ? demanda Dombodán, inquiet.

Oui. Bien sûr qu'elle était belle, mais elle était peut-être un peu chevaline. Les deux sœurs s'entendaient à merveille. Et comme elles ne manquaient pas de prétendants, elles s'étaient promis quelque chose : Elles avaient le droit de flirter et même d'avoir des aventures avec des hommes, mais sans jamais se séparer l'une de l'autre. Et elles tenaient sincèrement leur promesse. Les jours de fête elles allaient ensemble danser dans un paletin appelé Donaire où se donnaient rendez-vous tous les jeunes du secteur. Pour s'y rendre, elles devaient traverser une région marécageuse remplie de boue qui s'appelait Fronteira. Les deux sœurs passaient leurs sabots et prenaient leurs souliers à la main. Les souliers de Mort étaient blancs et ceux de Vie étaient noirs.

Ce ne serait pas plutôt le contraire ?

Absolument pas. C'est exactement comme je vous le raconte. En réalité toutes les jeunes filles faisaient comme elles. Elles passaient leurs sabots et prenaient leurs souliers à la main pour qu'ils soient impeccables au moment de danser. Il y avait toujours plus d'une centaine de sabots alignés devant la porte du bal. On aurait dit de petites barques échouées sur une plage. Pour les garçons, c'était différent. Les garçons arrivaient à cheval et faisaient des pirouettes sur leur monture, surtout lorsqu'ils arrivaient tout près de la fête. Ils voulaient impressionner les filles bien sûr. Et le temps s'écoulait ainsi. Les deux sœurs se rendaient au bal elles vivaient leurs amourettes, mais elles regagnaient toujours la maison.

Une nuit, une froide nuit d'hiver, il y eut un naufrage. Parce que, comme vous le savez, chez nous c'était et c'est toujours un pays où se produisent de nombreux naufrages. Mais ce naufrage-là fut très particulier. Le bateau s'appelait *Palermo*, il était chargé d'accordéons. Au moins un millier d'accordéons emballés dans des caisses de bois. La tempête fit couler le bateau et entraîna le chargement vers la côte. La mer, avec ses bras de docker fou, détruisit les caisses et dirigea les accordéons vers la plage. Toute la nuit, les instruments jouèrent des mélodies plutôt tristes, bien entendu. Poussée par la bourrasque, la musique pénétrait par les fenêtres. Surpris, tous les gens de la région, ainsi que les deux sœurs, se réveillèrent et entendirent ce qui se passait. Le lendemain matin, tous les accordéons gisaient sur la grève. On aurait dit des cadavres d'instruments noyés. Ils étaient tous inutilisables. Tous, sauf un. C'est un jeune pêcheur qui le trouva au fond d'une grotte. Il considéra qu'il avait eu beaucoup de chance et il apprit à en jouer. Le garçon était déjà très gai de nature, très enjoué, et cet accordéon lui sembla être un don du ciel. Pendant un bal, Vie tomba éperdument amoureuse de lui et elle décida que son amour était beaucoup plus important que le pacte qu'elle avait passé avec sa sœur. Ils partirent ensemble, car Vie connaissait parfaitement le caractère démoniaque de Mort, elle savait qu'elle pouvait être très rancunière. Et elle le fut effectivement terriblement. Elle ne le lui a jamais pardonné. C'est pour cette raison qu'elle va et vient le long des chemins, surtout les nuits d'orage, et qu'elle s'arrête devant toutes les maisons où elle aperçoit des sabots devant la porte et qu'elle demande à tous les passants : N'aurais-tu pas aperçu un jeune accordéoniste accompagné de cette putain de

Vie ? Et elle emporte avec elle tous ceux qui ne savent pas répondre.

Lorsque le typographe Maroño acheva son récit, le peintre murmura : C'est une très belle histoire.

Je l'ai entendue dans une taverne. Certains bistrots sont de vraies universités.

Ils vont tous nous tuer ! Vous ne voyez donc pas qu'ils vont tous nous tuer ?

Le prisonnier qui hurlait était resté un peu à l'écart du groupe dans un coin de la cour, plongé dans ses pensées.

Et vous êtes là, et patati et patata, avec vos histoires de vieilles femmes. Et vous ne vous apercevez même pas qu'ils vont tous nous tuer. Ils vont tous nous tuer ! Jusqu'au dernier !

Ils se regardèrent un peu étonnés, sans trop savoir ce qu'il convenait de faire, comme si le ciel bleu et chaud d'août explosait en mille esquilles de givre au-dessus de leur tête.

Le docteur Da Barca s'approcha de lui et le saisit par le poignet.

Calme-toi, Baldomir, calme-toi. Parler est aussi un moyen de conjurer le sort.

5

Le peintre avait réussi à obtenir un cahier et un crayon de charpentier qu'il avait mis sur son oreille ainsi que le font tous les gars du métier. Il était ainsi prêt à dessiner à n'importe quel moment. Ce crayon avait appartenu à Antonio Vidal, un charpentier qui avait organisé une grève en faveur des huit heures et qui rédigeait, grâce à son crayon, des articles destinés au *Corsario*. Antonio Vidal en avait fait cadeau à Pepe Villaverde, un charpentier de Ribeira dont une des filles s'appelait Palmira et l'autre Fraternidade. Villaverde se définissait lui-même comme un libertaire humaniste. Il commençait chacun de ses discours ouvriers en parlant d'amour : « Quand on aime, on entre en communisme, et cela proportionnellement à son amour ! » Lorsqu'il devint contrôleur des chemins de fer, Villaverde fit cadeau de son crayon à son ami syndicaliste, le charpentier Marcial Villamor. Et, avant d'être exécuté par les *paseadores* partis en mission à Falcona, Marcial, voyant que le peintre s'évertuait à dessiner le Porche de la Gloire qui orne la cathédrale de Saint-Jacques-de-Compostelle avec un morceau de tuile, s'empressa de lui offrir le crayon.

À mesure que les jours s'écoulaient, avec leur lot de mauvais présages, le peintre consacrait de plus en plus de temps à son cahier. Pendant que les autres bavardaient, il n'arrêtait pas de faire leur portrait. Il étudiait leur profil, une mimique particulière, une singularité dans leur regard, les zones d'ombre. Il était de plus en plus concentré, presque fébrile, comme s'il était en train de réaliser une commande extrêmement urgente.

Le peintre était à présent en train d'expliquer qui était qui sur le Porche de la Gloire.

Le porche ne se trouvait qu'à quelques mètres de là, mais le garde civil Herbal n'avait visité la cathédrale qu'à deux reprises. La première, alors qu'il était enfant et que ses parents étaient descendus du bourg pour vendre des feuilles de choux et des oignons, le jour de la Saint-Jacques. Il se souvenait qu'on l'avait conduit devant saint Croques pour qu'il mette ses doigts dans le creux de sa main sculptée, et qu'il se tape le front sur la tête de pierre. Mais il resta pétrifié devant les yeux aveugles du saint et ce fut son père qui, avec son rire édenté, le saisit par la peau du cou et lui fit voir trente-six chandelles.

Ce n'est pas comme ça qu'il deviendra intelligent, dit la mère. Ne t'en fais pas, répondit le père, de toute façon, il n'y a plus rien à espérer. La seconde fois qu'il la visita, il avait déjà pris l'uniforme, ce fut à l'occasion d'une messe d'offrande. D'interminables cantiques en latin sourdaient de la grande nef remplie de fidèles. Mais il fut surtout impressionné par le grand encensoir de la cathédrale de Saint-Jacques-de-Compostelle. Il se souvenait parfaitement de cet épisode. Le grand encensoir avait enveloppé l'autel d'une brume épaisse, comme si ce qui se déroulait devant lui n'était qu'une étrange légende.

Le peintre, donc, parlait du Porche de la Gloire. Il l'avait dessiné avec un gros crayon rouge qu'il portait toujours sur l'oreille, comme font les charpentiers. Il avait en fait représenté chaque personnage biblique avec le portrait de l'un de ses compagnons de la Falcona. Toi, Casal, expliqua-t-il à celui qui fut maire de Compostelle, tu es Moïse avec les Tables de la Loi. Et toi, Pasín, lança-t-il à un gars du syndicat des chemins de fer, tu es saint Jean l'Évangéliste, les pieds posés sur l'aigle. On apercevait également le portrait de deux vieux prisonniers, Ferreiro de Zas et González de Cesures, à qui il expliqua qu'ils étaient les vieillards qui se trouvaient en haut au centre, en train de jouer de l'*organistrum* dans l'orchestre de l'Apocalypse. Et il dit à Dombodán — le plus jeune des prisonniers et simple d'esprit — qu'il était un ange qui jouait de la trompette. Il fit pareil avec tout le monde. Les prisonniers purent ainsi vérifier que chaque dessin sur son cahier était un portrait extrêmement fidèle. Le peintre expliqua ensuite que le socle du Porche de la Gloire était peuplé de monstres avec des serres et des becs de rapaces, et soudain tout le monde se tut, mais leur silence parla pour eux, car Herbal s'aperçut que leurs regards étaient tous tournés vers sa silhouette de témoin muet. Et puis il évoqua enfin le prophète Daniel. On dit que c'est le seul à sourire impudemment sur le Porche de la Gloire, c'est une merveille de l'art, une véritable énigme pour les experts. Eh bien, le prophète Daniel, c'est toi, Da Barca.

6

Quelques années auparavant, le peintre était allé peindre les fous à l'asile de Conxo. Il voulait représenter leur visage labouré par la douleur psychique, ce n'était pas par morbidité mais plutôt à cause d'une fascination ancestrale. La maladie mentale, pensait le peintre, éveille d'abord en nous une réaction de rejet. La peur du fou précède toujours une compassion, qui d'ailleurs, chez certains individus, ne se manifeste jamais. Peut-être se disait-il cela parce qu'il avait le sentiment que cette maladie faisait partie d'une sorte de patrimoine commun qui vagabonde, de-ci, de-là, et choisit tel corps plutôt que tel autre, selon l'humeur du moment. Voilà pourquoi on a tendance à cacher le malade. Le peintre se rappelait une chambre qui était demeurée toujours close dans une maison voisine de la sienne alors qu'il était encore enfant. Un jour il entendit des hurlements et il demanda qui était enfermé à l'intérieur de cette chambre. Mais la propriétaire se contenta de répondre : Personne.

Le peintre voulait représenter les blessures cachées de l'existence.

L'atmosphère de l'asile était effrayante. Non pas parce que les malades s'adressaient à lui avec des airs menaçants, car il y en avait très peu qui se conduisaient de la sorte et ils le faisaient, semble-t-il, de manière plutôt rituelle, comme s'ils tentaient d'effacer un mirage. Ce qui impressionna surtout le peintre ce fut le regard de ceux qui ne regardaient pas, leur renoncement à toute notion d'espace et de repère, l'absolu non-endroit à travers lequel chacun cheminait.

Il cessa d'avoir peur lorsqu'il se décida à prendre son esprit entre ses doigts. Son tracé commença à suivre la ligne de l'angoisse, de la stupéfaction, du délire. La main se promenait en spirale, fébrilement, le long des murs. Puis le peintre revint à lui et examina sa montre. Le temps de visite qu'on lui avait accordé était dépassé. La nuit tombait. Il referma son cahier et se dirigea vers la loge du gardien. La porte était verrouillée à l'aide d'un énorme cadenas. Il n'y avait personne. Le peintre appela le concierge, d'abord doucement, puis en hurlant de plus en plus fort. Il entendit les cloches de l'église qui sonnaient neuf heures du soir. Il avait une demi-heure de retard, ce n'était pas énorme. Et si on l'avait oublié ? Dans le jardin, un fou était enlacé au tronc d'un buis. Le peintre pensa que le buis devait avoir au moins deux cents ans et que cet homme était à la recherche de quelque chose de solide.

Plusieurs minutes s'écoulèrent, et le peintre se surprit à pousser des cris d'angoisse. Le malade enlacé au buis le regarda d'un air apitoyé et solidaire.

C'est alors qu'un homme souriant se présenta devant lui. Il était jeune mais il portait un costume. Il lui demanda ce qui se passait. Alors le peintre lui expliqua qu'il était peintre, qu'il était venu là muni d'une autorisation pour faire le portrait des malades et qu'il n'avait pas pris garde à l'heure. Et l'homme en costume lui répondit le plus sérieusement du monde : C'est exactement ce qui m'est arrivé.

Puis il ajouta :

Et voilà deux ans que je suis enfermé ici.

Le peintre put observer ses propres yeux. Un blanc de neige avec un loup solitaire, à l'horizon.

Mais je ne suis pas fou !

C'est précisément ce que je leur ai dit.

Et comme il le vit commencer à céder à la panique, il sourit puis se présenta : C'est une blague. Je suis médecin. Calmez-vous, nous allons sortir tout de suite.

C'est ainsi que le peintre fit la connaissance

du docteur Da Barca. Ce fut le début d'une grande amitié.

Herbal le regarda depuis la pénombre où il se trouvait comme il l'avait déjà tant de fois regardé.

Moi aussi je connaissais parfaitement le docteur Da Barca, expliqua Herbal à Maria da Visitação. Parfaitement bien. Il ne se doutait pas de tout ce que je savais sur son compte. Pendant un long moment, j'ai été son ombre. J'étais constamment sur ses talons comme un chien de chasse. C'était l'homme que j'avais pour mission de surveiller.

Cela se passa après les élections de février 1936, qui furent remportées par le Front populaire. Le sergent Landesa réunit en grand secret plusieurs hommes en qui il avait toute confiance et il commença par leur expliquer que cette réunion n'avait jamais eu lieu. Enfoncez-vous bien ça dans le crâne. Ce qu'on va dire ici n'aura jamais été dit. Personne ne donne d'ordres ni d'instructions, il n'y a même pas de chef. Il n'y a rien. Il n'y a que moi qui existe, et moi je suis le Saint-Esprit. Je ne veux pas d'emmerdements. Désormais vous êtes des ombres, et les ombres ne chient jamais, ou alors elles chient tout blanc comme les mouettes. Je veux que vous m'écriviez un vrai roman sur chacun de ces individus. Je veux tout savoir sur eux. Lorsqu'il déplia la liste avec les noms des gens à qui il fallait filer le train — des noms de personnes publiques et d'autres noms inconnus —, le garde civil Herbal sentit une sorte de démangeaison sur sa langue. Un des individus qui y figuraient n'était autre que le docteur Da Barca. J'aimerais bien me charger de cet homme, sergent. Je le connais parfaitement. Et lui, est-ce qu'il vous connaît ? Non, il ne sait même pas que j'existe. Souvenez-vous bien de ça, il ne s'agit surtout pas que ça devienne une affaire personnelle, on cherche seulement des renseignements.

Ce n'est absolument pas une affaire personnelle, sergent, mentit Herbal. Je serai une ombre. On ne peut pas dire que je sois un spécialiste en littérature mais je vous promets d'écrire un vrai roman sur ce type.

J'ai entendu dire que c'est un bon orateur.

Une vraie mèche allumée, sergent.

Eh bien, vas-y.

De cette réunion qui n'eut jamais lieu, Herbal se rappellerait également bien plus tard — et à nouveau ce bruit dans sa mémoire semblable au tumulte de l'eau à la fontaine lorsqu'on lavait les tripes — cet instant où quelqu'un parla du peintre. Ce n'est pas un peintre en bâtiments, expliqua le sergent Landesa à l'agent qui fut finalement chargé de le surveiller. Ce peintre-ci peint des idées. Il habite dans la Maison de la Tumbona. Et ils éclatèrent tous de rire. Tous, sauf Herbal qui ne comprenait pas pourquoi ils avaient ri et se garda bien de le demander. Il ne le comprendrait que quelques années plus tard et de la bouche même du défunt. Une *tumbona*, c'est une pute âgée qui enseigne le métier à des jeunes filles encore novices. Elle leur enseigne surtout comment faire pour supporter le moins longtemps possible le poids du corps d'un homme sur le sien, et aussi la règle d'or du métier qui consiste à se faire payer avant d'accomplir sa tâche. De temps en temps, lui avait raconté le défunt, on frappait encore à sa porte. C'étaient des pères et des mères qui se présentaient avec leur fillette et qui demandaient à rencontrer la tumbona. Ma femme tournait sept fois sa langue dans la bouche, puis leur expliquait que la tumbona n'habitait plus ici. Ensuite elle se mettait à pleurer. Elle pleurait à chaque visite. Et elle avait bien raison. Car tout près de là, dans la rue du Pombal, ils ne manqueraient pas de trouver la tumbona qu'ils cherchaient.

Quatre mois après la réunion, fin juin, Herbal remit son rapport à propos du docteur Da Barca. Le sergent le soupesa. C'est exact, on dirait vraiment un roman. C'était une chemise remplie d'une multitude de notes écrites à la main avec une calligraphie tortueuse. Les nombreuses taches d'encre, cicatrisées avec un buvard, semblaient être les vestiges d'un combat harassant. Si elles n'avaient pas été bleues, on aurait pu croire que c'étaient des filets de sang tombés du front de l'écrivain. Dans un même paragraphe, les boucles et les bâtons supérieurs des lettres étaient penchés tantôt à droite et tantôt à gauche, on aurait dit l'idéogramme d'une flottille ballottée par le vent.

Le sergent Landesa commença à lire un feuillet, au hasard. Qu'est-ce que tu as écrit, là ? Leçon d'*autonomie* avec un cadavre ! s'exclamat-il d'un air méprisant. Anatomie, Herbal, anatomie.

Je vous avais prévenu que je ne suis vraiment pas un spécialiste en littérature, rétorqua, offensé, le garde civil.

Le titre d'une autre note : « Leçon d'agonie. Applaudissements ». Qu'est-ce que c'est que ce truc-là ?

Ça concerne un professeur, Monsieur. C'était le maître de Da Barca. Il s'est allongé sur une table et a expliqué comment les morts respirent avant de mourir ; eh bien, ils respirent en deux temps. Ensuite il a parlé de quelque chose qui arrive à certains agonisants, une sorte d'hallucination qui les aide à quitter ce monde en toute sérénité. Puis il a affirmé que le corps était très intelligent. Et il est tombé raide mort comme au théâtre. Il a eu droit à une salve d'applaudissements.

Il faudra aller consulter chez lui, conclut sarcastiquement le sergent. Et puis il demanda

d'un air étonné. Et là, qu'est-ce que tu as écrit ?
Il déchiffra avec difficulté : Docteur Da Barca.
La beauté, la beauté... Sa beauté physique ?

Faites voir, demanda Herbal en s'approchant
de lui et en lisant par-dessus son épaule. Sa voix
trembla en reconnaissant la phrase que lui-
même avait écrite. Sa beauté phtisique, Monsieur.

Le docteur Da Barca a diagnostiqué devant
tous ses étudiants la maladie d'une jeune fille
de l'Assistance publique. D'abord il lui a posé
quelques questions. Comment s'appelait-elle et
d'où était-elle originaire ? Lucinda, je viens de
Valdemar. Et il lui a dit qu'elle avait un très joli
nom et qu'elle venait d'un très bel endroit. Puis
il l'a saisie par le poignet et l'a regardée droit
dans les yeux. Ensuite il a expliqué à ses étudiants que les yeux sont les fenêtres du cerveau.
Après il s'est mis à lui faire cette chose, vous
voyez ce que je veux dire : lorsque les médecins
tapent du bout de leurs doigts sur la poitrine
des patients.

Herbal se tut un instant, le regard dans le
vague. Il s'efforçait de se remémorer cette
scène qui l'avait tant perturbé, mais aussi
quelque peu émerveillé. La jeune fille qui portait une chemise de nuit si légère. Cette impression qu'il avait eu de l'avoir déjà aperçue en
train de se coiffer devant une fenêtre. Le docteur qui posait délicatement deux doigts de la

main gauche sur sa poitrine et tambourinait avec son majeur droit. Le coude ne doit surtout pas bouger. Appréciez la pureté du son, Messieurs. Remarquez comme il est mat, très mat. Hum ! Oui ! Bon, ce n'est pas un son mat mais ce n'est pas franchement du tympanisme non plus. Et ensuite le docteur qui saisissait ce fameux appareil qu'on se met dans les oreilles et qui effectuait le traditionnel trajet. Sur les poumons. Hum ! Oui ! Bon, merci Lucinda, tu peux te rhabiller. Il fait un peu froid, mais tout va bien se passer, tu verras. Et lorsqu'elle a quitté la pièce, il a expliqué aux étudiants : C'est le même son que lorsqu'une vague se brise. Mais, en réalité, on n'a pas besoin de ça. Il suffit d'observer son visage maigre et pâle, ses joues légèrement roses. Les reflets de sa transpiration alors que cet amphithéâtre est on ne peut plus glacial. La mélancolie de son regard. Sa beauté phtisique.

C'est la tuberculose, docteur ! s'exclama un étudiant, au premier rang.

C'est exact. Puis il a amèrement ajouté : Le bacille de Koch en train de planter ses tubercules dans un massif de roses.

Herbal eut l'impression de ressentir le tentacule froid du stéthoscope sur sa poitrine. Puis une voix se mit à hurler dans sa tête : C'est le même son qu'une vague qui se brise !

Sa beauté phtisique. Cette phrase a attiré

mon attention, sergent. C'est pour ça que je l'ai notée.

Ce n'était pas plutôt imprudent d'aller à la Faculté ?

Je me suis mêlé à un groupe d'étudiants portugais qui était en visite. Je voulais vérifier s'il faisait de l'endoctrinement pendant ses cours.

Le sergent ne quitta plus les feuillets des yeux tant qu'il n'eut pas fini sa lecture. Il avait l'air subjugué par ce que l'on y racontait et, de temps en temps, il murmurait tout haut : Ainsi donc il est cubain ? Oui, Monsieur, c'est un fils d'émigrés revenus au pays. Eh bien, dis donc ! il est vraiment impeccablement habillé. Avec beaucoup de goût. Mais il ne possède certainement qu'un costume, sergent, et pas plus de deux ou trois nœuds papillon. Il ne porte jamais de cape ni de chapeau. Et il n'a que vingt-quatre ans ? Il fait plus vieux que son âge, Monsieur. Il lui arrive de se laisser pousser la barbe. Et ici, voilà qu'il prétend que les manchots lèvent leur moignon en guise de poing tendu. Ce type doit être un excellent orateur. Bien plus habile que le meilleur curé, Monsieur. Cette demoiselle a l'air bien foutue : Marisa Mallo. Herbal se tut.

Elle est bien foutue ou pas ?

Elle est très belle, oui ! Mais elle n'a rien à voir avec tout ça.

Avec quoi ?

Avec ce qu'il manigance, Monsieur.

Le sergent feuilleta quelques coupures de presse qu'Herbal avait glissées dans son rapport : « Le substrat de l'âme et la réalité intelligente », « Les cercueils d'enfants à l'époque de Charles Dickens », « La peinture de Millet, les mains des lavandières et l'absence de la femme », « L'enfer chez Dante, le tableau de *Kate la folle* et l'asile d'aliénés de Conxo », « Le problème de l'État, la confiance de base, et le poème *La justice par la main*, de Rosalía de Castro », « L'*engramme* du paysage et le sentiment de *mal-du-pays* », « L'horreur qui vient : La biologie génétique, le désir fanatique d'être sain et le concept de *vies lestées* ». Le sergent remarqua avec étonnement que tous les articles portaient la même signature : Dr Barkowsky.

Ah bon, il signe Barkowsky ! On dirait bien que ton bonhomme ne se repose jamais : il est médecin de l'Assistance municipale, chargé de cours à la Faculté de médecine, pamphlétaire, conférencier et même agitateur. Il va de l'hôpital au Centre républicain et il lui reste encore le temps d'emmener sa fiancée au cinéma du Théâtre principal. Il est ami intime de ce fameux peintre nationaliste galicien, celui qui peint des affiches, et il fréquente aussi bien les républicains que les anarchistes, les socialistes, et même les communistes, mais de quel bord est-il donc ?

Je pense qu'il est un peu de tous les bords, sergent.

Les anarchistes et les communistes ne peuvent pas se blairer. L'autre jour, à la fabrique de tabac de La Corogne, ils en sont presque venus aux mains. C'est vraiment un drôle d'oiseau, ce Da Barca !

On dirait qu'il ne travaille pour aucun de ces groupes, comme si c'était un électron libre.

Eh bien, ne le quitte pas des yeux. C'est vraiment un drôle d'oiseau, celui-là !

Herbal avait décrit avec une maladresse artisanale, qui rendait certainement la chose plus utilisable et plus crédible encore, tout ce qu'on pouvait savoir sur un homme. Ses amitiés, ses itinéraires habituels, la marque du tabac qu'il fumait.

Le garde civil connaissait parfaitement le docteur Da Barca et celui-ci ne se doutait absolument de rien. Il était sur ses talons depuis très longtemps, pas tellement parce qu'on lui en avait donné l'ordre, mais plutôt parce que cela lui plaisait. Il le suivait comme un chien entêté, toujours à flairer sa trace. Il haïssait le docteur Da Barca, qui venait à peine d'obtenir son diplôme et semblait déjà être un grand nom de la médecine. Un grand nom de la lutte révolutionnaire également. Pendant les réunions publiques dans les villages, il parlait galicien avec l'accent de Cuba. Il était né là-bas dans une famille d'émigrés. Il parlait avec un débit très particulier, semblable à une mèche qu'on

allume, et qui aurait fait marcher les paraly-
tiques et tendre le poing aux manchots. Il disait
qu'il fallait lutter contre le mal de l'air.

Nombreux étaient ceux qui ne comprenaient
pas les doctrines des politiciens, mais tout le
monde comprenait ce que signifiait le mal de
l'air. Herbal lui-même l'avait attrapé alors qu'il
était tout petit. Il était devenu tout vert, un vert
très moche, semblable à des feuilles de bette, et
il ne grandissait qu'en largeur. Il finit même
par marcher comme un canard. On le conduisit de guérisseur en guérisseur jusqu'à ce que
l'un d'eux conseille à son père de le noyer dans
de l'eau où l'on aurait d'abord fait macérer du
tabac. Et c'est ce qu'il fit. Mais, à la lumière
d'anciennes péripéties qu'il n'est pas opportun
de révéler ici, Herbal était convaincu que son
père était parfaitement capable de le noyer. Il
tourna donc sa tête et le mordit à la main. Mais
cela ne fit que redoubler l'acharnement de son
père. Putain de merde ! jura-t-il, et il le balança
tout entier dans le tonneau qui contenait la
potion. Ensuite il le maintint complètement im-
mergé jusqu'à ce qu'il ne bouge plus.

Et j'étais à peine sorti de là que j'avais déjà
pris cette couleur de tabac que tu vois aujour-
d'hui, puis que je me suis mis ensuite à grandir,
la peau sur les os, tout en longueur comme la
coquille d'un couteau enfoncé dans le sable.

Bien sûr qu'Herbal comprenait très bien ce

qui se disait dans les réunions publiques du Front populaire. La première fois qu'il avait réellement quitté son hameau, ce fut pour aller au service militaire. Ce fut un vrai soulagement pour lui. Sauf à l'occasion de quelques permissions, il n'était revenu chez lui que pour enterrer ses parents. Au service militaire, il avait fait partie des troupes commandées par le général Franco lorsque, en 1934, la révolution des mineurs d'Asturies fut étouffée, c'est le mot que tout le monde utilisait. Une femme agenouillée devant son mari assassiné lui avait crié avec ses yeux tout rouges : Soldat, toi aussi, tu fais partie du peuple ! Oui, se dit-il, c'est vrai. Maudit peuple, maudite misère. Désormais il tenterait de toucher un salaire en échange de ses services. C'est ainsi qu'il décida de devenir garde civil.

Le docteur Da Barca était dans le vrai. Il n'allait pas tarder à attraper le mal de l'air. Herbal faisait partie de ceux qui l'arrêtèrent. En vérité, c'est lui qui l'avait maîtrisé d'un coup de crosse derrière la tête. Daniel Da Barca était grand, la poitrine bombée. Tout chez lui tirait vers l'avant. Le front, son nez de juif, sa bouche aux lèvres extrêmement charnues. Lorsqu'il parlait, il déployait ses bras comme des ailes et on avait l'impression que ses doigts s'adressaient à des sourds.

Les premiers jours du coup d'État franquiste, il avait pris le maquis. Il n'y avait rien d'autre à faire que de patienter, d'attendre qu'il reprenne confiance, qu'il se dise que la chasse était terminée. Lorsqu'il se rendit finalement chez sa mère, cinq soldats de la patrouille se jetèrent sur lui et il se défendit comme un lion. Sa mère criait comme une furie depuis la fenêtre. Mais ce qui les énerva le plus, c'est lorsque les couturières d'un atelier qui se trouvait en face sortirent dans la rue. Elles les insultaient, leur crachaient dessus, et l'une d'elles osa même tirer sur leur veste et les griffer dans le cou. Le docteur Da Barca saignait du nez, de la bouche, des oreilles, mais il ne se rendait pas. Jusqu'au moment où lui, le garde civil Herbal, lui assena un coup de crosse derrière la tête, et il tomba par terre sans connaissance.

Alors, je me suis tourné vers les couturières et j'ai visé leur ventre. Je crois que sans l'intervention du sergent Landesa, je ne sais pas ce que j'aurais fait, car si quelque chose m'énervait c'était bien ces femmes en train de vociférer comme un chœur de pleureuses. Je comprenais parfaitement la réaction de sa mère, mais leur attitude à elles me mettait hors de moi. C'est alors que j'ai lâché cette phrase qui me rongeait du dedans. Mais qu'est-ce que vous lui trouvez, à ce connard ? Qu'est-ce que vous lui trouvez ? Des putes, vous n'êtes toutes que de sales putes ! Et le sergent Landesa me tira par la veste et me dit : Ça suffit, Herbal, nous avons encore beaucoup de travail à faire.

7

Le docteur Da Barca avait une fiancée. Et cette fiancée était la plus belle femme du monde. Du monde que connaissait Herbal bien entendu, mais il était persuadé qu'elle l'était aussi du monde qu'il ne connaissait pas. Elle s'appelait Marisa Mallo. Herbal était un fils de paysans misérables. Dans la maison du hameau où il habitait, il y avait très peu de choses belles. Il n'avait pas la moindre nostalgie de cette maison toujours remplie de fumée ou de mouches. Tout comme un tuyau qui aurait traversé le temps, sa mémoire puait le fumier et la mèche au carbure. Tout était patiné au lard rance, à commencer par les murs, c'était une patine jaunâtre qui pénétrait dans les yeux. Le matin, lorsqu'il partait avec les vaches, il voyait tout à travers des verres fumés de jaune. Il voyait tout de la même couleur, y compris le vert des prairies. Dans sa maison, il n'y avait que deux choses qu'il considérait être de véritables tré-

sors. D'abord sa petite sœur Beatriz, une blon-
dinette aux yeux bleus, toujours enrhumée,
la morve au nez, et une vieille boîte de pâtes
de coings dans laquelle sa mère rangeait ses
bijoux : une paire de boucles d'oreilles en jais,
un chapelet, une médaille en or vénézuélien
aussi tendre que du chocolat, une pièce en
argent frappée à l'effigie du roi Alphonse XII
qu'elle avait héritée de son père, et des épingles
à cheveux nacrées. Et il y avait aussi un flacon
contenant deux aspirines et sa première dent.

Il prenait sa dent dans le creux de sa main et
il avait l'impression que c'était un grain de
seigle rongé par les rats. Mais ce qui lui plaisait
vraiment, c'était la vieille boîte en fer blanc
rouillée aux soudures. Sur le couvercle, on pouvait voir l'image d'une jeune fille tenant un
fruit à la main, elle avait un peigne dans les cheveux, et elle était vêtue d'une robe en tissu rouge
imprimé de fleurs blanches dont les manches
étaient garnies de volants. La première fois
qu'il aperçut Marisa Mallo, il eut l'impression
qu'elle sortait de la boîte de pâtes de coings
pour se rendre au grand marché de Fronteira.
Lui-même s'y était rendu à l'époque, avec ses
parents, pour vendre un petit cochon et des
pommes de terre nouvelles. Pour atteindre le
village, depuis le hameau où ils habitaient, il
fallait parcourir trois kilomètres de chemins
boueux. Son père marchait devant, il était coiffé

d'un chapeau de feutre et portait la petite dans ses bras. Sa mère marchait derrière et charriait le lourd panier de pommes de terre sur sa tête. Encadré par ses parents, Herbal tirait le petit cochon attaché par la patte avec un bout de ficelle. Malheureusement l'animal n'arrêtait pas de fouiller dans la boue et, quand ils arrivèrent à Fronteira, il ressemblait à une énorme taupe. Son père lui donna une claque. Qui veux-tu qui achète une bestiole pareille ? Et voilà Herbal en train de nettoyer le porc tout crotté sur le marché avec un bouchon de paille. Lorsqu'il releva la tête, il la vit passer. Elle ressemblait à une princesse parmi les autres fillettes qui l'entouraient et n'étaient apparemment là que pour la mettre en valeur et dire que c'était une reine. Elles allaient et venaient comme une bande de papillons et il les suivait des yeux, tandis que son père n'arrêtait pas de jurer parce que, par sa faute, personne ne voudrait lui acheter un cochon aussi dégoûtant. Herbal, lui, rêvait que le cochon était un agneau et que Marisa s'approchait pour peigner les boucles de l'animal avec ses doigts. C'est toi que j'aurais dû vendre, pas le cochon, grommelait son père. Encore faudrait-il que quelqu'un veuille bien de toi.

Son père était comme ça. Si jamais il se levait du pied gauche, il ne pouvait plus revenir en arrière, on aurait dit qu'il creusait et creusait toujours plus profond le même trou dans la merde. Alors, Herbal ne souhaitait vraiment que ça, que quelqu'un vienne enfin l'acheter et le ramène chez lui, attaché par la patte avec un bout de ficelle.

Finalement ils réussirent à vendre le cochon et les pommes de terre nouvelles. La mère put ainsi se payer un bidon d'huile sur lequel on pouvait voir l'image d'une autre femme qui ressemblait également à Marisa Mallo. Ils retournèrent très souvent au grand marché de Fronteira. Il ne s'occupait plus de l'humeur massacrante de son père. Pour lui, c'était un jour de fête, le seul jour qui ait vraiment un sens dans sa vie. Tout en gardant les vaches, il attendait avec impatience le premier jour du mois. Voilà comment il put voir grandir Marisa Mallo, jusqu'à ce qu'elle devienne une vraie femme. Elle appartenait à l'une des familles les plus puissantes de la région. C'était la filleule du maire, la fille du notaire et la petite sœur de monsieur le curé de Fronteira. Et surtout, c'était la petite fille de don Benito Mallo. Mais Herbal n'a jamais eu un agneau pour vérifier si Marisa irait s'approcher de lui et peigner ses boucles de laine avec les doigts.

8

Alors qu'ils rentraient en voiture, après la promenade du peintre, et tandis que le reste de la bande se partageait une bouteille de cognac à même le goulot, il sentit pour la première fois cet étrange malaise s'emparer de lui. Comme si des personnages avaient pénétré dans sa tête. Les phalangistes étaient passés de la colère aux éclats de rire et ils lui envoyaient de grandes tapes dans le dos. Allez, bois un coup, putain de merde, bois un coup. Il leur répondit qu'il ne buvait pas d'alcool, et ils commencèrent à pisser de rire. Et depuis quand tu ne bois pas d'alcool, Herbal ? Et il répondit qu'il n'en avait jamais bu de sa vie. Ça me rend malade. Alors explique-nous pourquoi tu es bourré du matin au soir ? Laisse-le tranquille, coupa le chauffeur, il est vraiment bizarre cette nuit. On dirait même que sa voix a changé.

Puis il ne dit plus rien. Après avoir entendu le coup de feu, il se sentit complètement déprimé.

Il avançait à travers l'entonnoir d'une route rectiligne, et voilà qu'il dessinait, à son tour dans sa tête, le Porche de la Gloire avec un crayon de charpentier. Il était devenu d'une habileté surprenante. Il arrivait même à en décrire les personnages avec des mots qu'il n'avait jamais utilisés auparavant. Sa tête lui expliquait : La beauté des anges, porteurs des instruments de la Passion, est une beauté douloureuse qui révèle la mélancolie provoquée par la mort injuste du Fils de Dieu. Et c'est en dessinant le prophète Daniel que lui vint cette expression : le joyeux sourire de la pierre. Puis en suivant le regard du prophète, il découvrit l'énigme du Porche. Sur la place de l'Obradoiro baignée de soleil, Marisa Mallo, avec son panier couvert d'un torchon blanc à son bras, apportait le repas du docteur.

Comment ça s'est passé hier, Herbal ? lui demanda d'un air sombre le directeur.

On aurait dit un Nazaréen, Monsieur.

S'apercevant que son supérieur le regardait bizarrement, il se souvint de ce qu'avait prétendu son camarade cette nuit, il avait dit que sa voix avait changé. Désormais, il vaudrait mieux se taire, n'utiliser que des monosyllabes : Oui, non, Monsieur.

Et lorsque Marisa Mallo entra avec le repas, il répondit à son bonjour avec un grognement et un geste vif qui signifiait : Pose le panier ici, je vais contrôler ce qu'il y a dedans. Et à peine eut-il soulevé le torchon qu'il repéra le fromage de pays enveloppé dans une feuille de chou. Elle y a caché la crosse, lui dit l'informateur qui avait pénétré dans sa tête. Et lorsque le lendemain elle se présenta à nouveau avec son panier, il aperçut le barillet du revolver à l'intérieur d'un biscuit et il fit un geste d'acquiescement pour qu'on laisse passer le panier. Au troisième jour, il savait déjà que le canon se trouvait dans le pain. Il attendait impatiemment la dernière livraison et, ce matin-là, Marisa se présenta avec des cernes qu'il ne lui avait jamais vus. D'ailleurs il ne l'avait jamais regardée dans les yeux, mais ce jour-là il la déshabilla entièrement du regard comme si c'était un fromage, un biscuit ou un pain. J'apporte quelques truites, dit-elle. Et il aperçut une balle dans le ventre de chaque truite et il dit que c'était parfait : Je les lui remettrai tout à l'heure maintenant vous pouvez partir.

Il avait jusqu'alors évité le regard de Marisa Mallo. D'habitude il baissait la tête et fixait ses poignets. Il était triste de vérifier que ce que l'on racontait était vrai. Qu'elle s'était coupé les veines lorsque ses parents, les seigneurs de Fronteira, avaient tenté de lui faire oublier à jamais le docteur Da Barca. Maria Mallo était devenue squelettique. Elle avait les poignets bandés comme si elle portait des bracelets. Marisa Mallo était prête à donner sa vie pour le docteur Da Barca. Il pénétra dans la salle de garde et, très discrètement, remplaça les balles par des balles d'un calibre différent. Dans l'obscurité de la nuit, lorsque le docteur Da Barca eut fini d'assembler le revolver et qu'il voulut remplir le barillet, il comprit que sa tentative d'évasion venait d'échouer. Sous la dalle qu'il avait réussi à desceller, et sous le regard stupéfait de ses camarades de cellule, il dissimula à jamais un revolver muni de balles inutilisables.

Quelques nuits plus tard, des miliciens qui se livraient à des exécutions sommaires arrivèrent pour s'occuper de lui. Il y avait des types de Fronteira qui le connaissaient très bien et qui étaient jaloux de sa réussite. Dans la bande, il y avait également un étudiant en médecine qui avait été collé à ses examens. Mais Herbal ne les autorisa pas à pénétrer dans les cellules. La voix qui parlait dans sa tête lui disait à la manière d'un souffleur : Raconte-leur qu'il n'est plus là, qu'on l'a transféré pas plus tard que cet après-midi à La Corogne. C'est vraiment un hasard, expliqua-t-il, on a conduit le type que vous cherchez à La Corogne. Il doit passer en jugement, un jugement sommaire bien entendu. Je ne voudrais pas être à sa place. Et comme il comprit que les gars étaient envoyés par des gens importants pour liquider le docteur et qu'ils ne se contenteraient pas d'une vague explication,

Herbal fit glisser son index sur la gorge comme si c'était un couteau. Ils veulent faire un exemple, ça va être une exécution publique et la distribution sur l'affiche sera soigneusement choisie, croyez-moi ! Dans deux ou trois jours, on va tous les liquider au Campo da Rata ; vous pouvez dormir sur vos deux oreilles. *¡ Arriba España !*

Il y avait cependant quelque chose de vrai dans son mensonge, car ces derniers jours les transferts inopinés vers la prison de La Corogne se multipliaient. Ce soir-là, le garde civil Herbal pénétra dans le bureau du directeur et fouilla quelques instants dans ses papiers avant de tomber sur les formulaires de transfert. Le lendemain, on avait prévu de transférer trois personnages importants. Le défunt parla à l'intérieur de sa tête et il lui expliqua : Tu prends un formulaire vierge puis le stylo du directeur et tu écris sur la ligne laissée en blanc le nom de Da Barca. Ne t'occupe pas de ton écriture, je vais t'aider.

Et lorsque le docteur Da Barca le croisa le lendemain sur le seuil de la porte, en route vers son nouveau destin, menottes aux poignets, avec pour tout bagage sa mallette de médecin, il sentit son regard sévère lui transpercer les yeux. Un regard qui disait : Je ne t'oublierai pas, grande perche, c'est toi qui as tué le peintre, je te souhaite une longue vie pour que le virus du remords ait bien le temps de se développer dans tes tripes et que tu pourrisses lentement de l'intérieur. Lorsque Marisa Mallo se présenta à l'heure de la visite, il lui dit qu'il n'était plus là : L'homme dont vous parlez ne figure pas sur les registres. Il ne lui donna aucun détail, il demeura très froid comme s'il parlait du dernier des inconnus, de quelqu'un qui se serait évanoui dans le temps. Il se conduisit ainsi parce qu'il voulait mesurer quelle tristesse pouvait éprouver la plus belle femme du monde. Parce qu'il voulait voir comment naissent les larmes au sein d'une source inaccessible. Et au bout de quelques secondes interminables, comme saisissant *in extremis* au vol une soucoupe de porcelaine prête à se briser en mille morceaux, il ajouta : Il est à La Corogne. Il est vivant.

Le jour même, il alla voir le sergent Landesa. Sergent, je voudrais vous demander une faveur, c'est très personnel. Parlez donc, Herbal. Le sergent Landesa avait de l'estime pour lui. Il avait toujours obéi aux ordres sans se poser de questions. Ils s'entendaient bien. Tous les deux avaient foulé les mêmes genêts pendant leur enfance. Eh bien, voilà, sergent, je voudrais être muté à La Corogne. Ma sœur habite là-bas et son mari la frappe. Elle aimerait que j'aille habiter chez elle, pour qu'il se tienne à carreau. C'est comme si c'était fait, Herbal, et tu peux lui donner un grand coup de pied dans les couilles de ma part. Le sergent lui signa une fiche d'affectation et apposa un cachet au bas du document. Allez savoir pourquoi le sergent Landesa semblait avoir beaucoup plus de pouvoir que celui ordinairement dévolu à son grade ? Herbal se rendit immédiatement chez l'officier chargé d'organiser les mutations au sein du régiment. C'était un homme méfiant, un de ces types qui pensent que leur mission essentielle consiste à mettre des bâtons dans les roues. Lorsque Herbal lui exposa les motifs pour lesquels il sollicitait sa mutation à La Corogne, l'officier lui coupa la parole, il quitta son fauteuil derrière son bureau et commença à lui asséner un discours flamboyant. Nous menons une guerre implacable contre le mal, le salut de la chrétienté dépend de notre victoire, des milliers d'hommes risquent leur peau en ce moment au fond des tranchées. Et nous, que faisons-nous, pendant ce temps ? Nous sollicitons de la bienveillance. Nous sollicitons vraiment des conneries. Ce que j'aimerais voir ici ce sont des volontaires, des volontaires en train de faire la queue devant la porte de mon bureau parce qu'ils seraient convaincus qu'il faut lutter pour Dieu et pour la Patrie. Alors Herbal lui tendit la fiche d'affectation signée par le sergent Landesa et l'officier devint tout pâle. Mais putain, pourquoi ne m'avez-vous pas dit tout de suite que vous faisiez partie du service des renseignements ? Et comme si la situation avait amusé le peintre, il entendit que celui-ci lui parlait tout bas dans la tête : Explique-lui que ta mission n'est pas de faire des discours flamboyants. Mais Herbal se tut. Présentez-vous dès demain matin à votre nouvelle affectation. Et oubliez ce que je vous ai dit. Les combats les plus importants se mènent quelquefois à l'arrière-garde.

9

À la prison de La Corogne, il y avait plusieurs centaines de prisonniers. Tout semblait y fonctionner de façon plutôt organisée, et plus industrielle qu'à la prison de la Falcona. Y compris les exécutions sommaires qui se déroulaient pendant la nuit. On conduisait les prisonniers à pied au Campo da Rata, au bord de la mer. Parfois, lorsque le peloton tirait sa salve, les rais de lumière du phare d'Hercules faisaient resplendir la chemise blanche des prisonniers. Le grondement de la mer, au bas des falaises de Punta Herminia à San Amaro, faisait penser aux meuglements d'une vache devant un râtelier vide. Après chaque salve du peloton, on entendait la plainte silencieuse des victimes puis la litanie des longs meuglements de la vache, maintenant affolée, recommençait.

Parmi les divertissements des *paseadores* de la nuit, figurait celui de la mort différée. Parfois, un des prisonniers qu'on avait choisi d'assassiner n'était finalement pas exécuté. Et son sort, sa vie hasardeuse, rendait tout encore plus dramatique avant et même après. Avant, parce qu'un minuscule et incertain espoir déréglait, tout comme les cailloux du chemin, le désarroi de ceux qui avançaient en file indienne. Et après, car la frayeur qu'on pouvait lire dans les yeux de ceux qui avaient survécu à la promenade suffisait à témoigner de l'horreur à laquelle ils venaient d'assister.

Un jour du début de septembre, alors que le soir tombait et qu'Herbal était occupé, tout seul dans sa guérite, à suivre des yeux le vol d'un cormoran, la voix du peintre lui dit dans sa tête : Arrange-toi pour faire partie des volontaires cette nuit. Et lui, sans même s'assurer que personne ne pouvait l'entendre, répondit extrêmement fâché : Arrête de m'emmerder. Enfin, Herbal ! Tu ne vas pas te dégonfler au dernier moment, n'est-ce pas ? Je t'ai demandé d'arrêter de m'emmerder, putain de saloperie de peintre. Est-ce que tu as remarqué comment il me regarde ? On dirait deux seringues plantées dans mes yeux. Quand Marisa vient lui rendre visite, il croit que ça dépend de moi si je reste là pour écouter ce qu'ils se disent et pour éviter qu'ils se touchent même du bout des doigts. Ce gars-là n'a pas la moindre idée de ce que signifie un règlement. Tout de même, s'offusqua le peintre, tu pourrais de temps en temps t'arran-

76

ger pour ne rien voir. Je l'ai déjà fait et tu le sais d'ailleurs très bien. Une fois, j'ai fait semblant de ne pas m'apercevoir qu'ils se touchaient du bout des doigts.

Et qu'est-ce qu'ils se disaient? demanda Maria da Visitação, lorsqu'ils se touchaient les mains du bout des doigts.

Il y avait trop de bruit. Les prisonniers étaient si nombreux et il y avait tellement de visites que personne n'entendait personne, tout le monde était obligé de crier. Qu'est-ce qu'ils se disaient, eh bien, ils se disaient ce que se disent les amoureux d'habitude, mais eux ils se disaient des choses bien plus étranges.

Il lui promit que lorsqu'il serait libre, il irait à Porto au marché de Bolhão et qu'il lui achèterait un petit sac de fèves de toutes les couleurs que les gens appellent des *marabillas* [1].

De son côté, elle lui répondit qu'elle lui offrirait un petit sac rempli d'heures. Elle connaissait un marchand de Valence qui vendait des heures de temps perdu.

Il ajouta qu'ils auraient une fille et qu'elle deviendrait poétesse.

Elle lui dit qu'elle avait rêvé qu'ils avaient un enfant depuis déjà bien longtemps, qu'il avait fui en bateau et qu'il était violoniste en Amérique.

1. Des merveilles.

Et moi, à l'époque, je me suis dit que, par les temps qui couraient, ce n'étaient vraiment pas des métiers d'avenir.

Herbal guetta toute la nuit pour être pris parmi les volontaires du peloton des *paseadores* lorsque viendrait l'heure des exécutions sommaires. Et ça, c'était vraiment curieux. Sans que personne soit prévenu, comme si c'était un présage de la lune, tout le monde devinait si la nuit allait être sanglante ou non.

Dans le peloton d'exécution, il fit semblant d'être plus indifférent que jamais en passant devant le docteur Da Barca, comme s'il le voyait pour la première fois. Mais ensuite, lorsqu'il le mit en joue, il se rappela son oncle, le braconnier, et il murmura pour lui-même : J'aurais préféré ne pas avoir à le faire, mon ami. Les prisonniers, qui avaient réfléchi à la manière de se conduire en vrai martyr, tentaient de demeurer debout sur le tas d'ordures du Campo da Rata, mais la puissante brise marine les faisait flotter au vent comme du linge accroché à la drisse d'un bateau. Celui qui tira le premier, et donna le départ des exécutions, attendit le passage d'un rai de lumière pour avoir ensuite plus de temps d'obscurité. On aurait dit qu'ils tiraient contre le vent. Il s'en fallut de peu qu'une rafale de nord-est n'aille projeter les morts sur eux.

Mais le docteur Da Barca demeurait toujours

debout. Emmène-le, murmura d'une voix pressante le peintre. Disparais immédiatement !

Celui-ci, je m'en occupe ! décida Herbal. Et il l'emmena rapidement comme un chasseur qui se serait emparé d'une palombe vivante et la tiendrait par les ailes.

Les prisonniers qui revenaient du voyage de la mort avaient une vision différente de l'existence. Parfois ils perdaient la raison et la parole, en chemin. Certains se faisaient même invisibles aux yeux des *paseadores*, si intouchables qu'il valait mieux les ignorer pendant un certain temps, en attendant qu'ils recouvrent leur nature de commun des mortels.

Mais cette fois-là, au bout de seulement quelques jours, le peloton conduisit à nouveau le docteur Da Barca, au Campo da Rata.

Le peintre alerta Herbal en lui tirant les oreilles : Fais attention à ce qui est en train de se passer ! Non, non, pas cette fois-ci, répondit le garde civil à la voix qui parlait dans sa tête. Maintenant c'est fini. Laisse-moi tranquille. S'il doit mourir, il n'a qu'à mourir une bonne fois pour toutes. Écoute-moi. Tu ne vas pas te dégonfler maintenant ? alors que tu ne cours aucun risque, dit le peintre. Ah tu crois ça, toi ! hurla Herbal. Mais je vais finir par devenir fou ! Est-ce que tu te rends compte que je vais devenir fou ? De nos jours, ce ne serait pas si mal, répondit vaguement le peintre.

Les gardes civils de la porte d'entrée avaient laissé pénétrer une bande de *paseadores* dans la prison, des gens qu'Herbal ne connaissait pas, à l'exception de l'un d'entre eux qui le fit frémir, lui qui était pourtant habitué à tout : c'était un curé qu'il avait jadis vu dire la messe et qui était maintenant vêtu d'une chemise bleue et portait un pistolet à la ceinture. Ils parcoururent les couloirs et les cellules tout en cueillant, de-ci, de-là, des hommes dont le nom figurait sur une liste. Ça y est, c'est terminé ? Pas tout à fait, il en manque encore un ! Daniel Da Barca. Le silence accablant d'une veillée funèbre s'abattit dans les couloirs. Une lanterne éclaira une forme vague. Pensant que c'était Dombodán, Herbal dit : Ce doit certainement être lui. Mais, finalement, le fantôme demanda d'une voix assurée : Qui est-ce qu'on cherche ? Daniel Da Barca. C'est moi. Que voulez-vous de moi ?

Et maintenant, comment comptes-tu t'y prendre ? Herbal était tout confus. Il ne savait que faire. Suis-les, espèce d'abruti, lui ordonna le peintre.

La rumeur se répandit dans toutes les cellules. Ils emmenaient pour la deuxième fois le docteur. Comme si l'on avait atteint l'extrême limite de la fatalité, la prison se mit à vomir tous les cris de désespoir et de rage accumulés au cours de cet interminable été 1936. Les prisonniers commencèrent à taper tous ensemble sur les tuyaux, sur les barreaux, sur les murs. Les hommes et les choses interprétèrent ce soir-là un fantastique morceau de percussions.

Sur le chemin, le long de la plage de San Amaro, Herbal lança à ses camarades : Celui-ci est à moi. C'est une affaire personnelle.

Il traîna le docteur Da Barca jusqu'à la plage, le fit s'agenouiller d'un grand coup de poing dans le ventre, puis le saisit par les cheveux : Ouvre ta bouche, bordel. Le canon cogna contre les dents. Il vaudrait mieux qu'il ne me les casse pas, se dit le docteur. Herbal enfonça le canon. Et au dernier moment, il dévia la trajectoire de la balle.

Et un connard de moins, cria-t-il.

Le lendemain matin des lavandières le recueillirent. Elles nettoyèrent sa blessure avec de l'eau de mer. Mais des gardes civils les surprirent. D'où est-ce qu'il sort celui-là ? Et d'où voulez-vous qu'il sorte ? Il vient de la prison, comme les autres. Et elles montrèrent les morts. Qu'allez-vous faire de lui. L'y remmener, pardi ! Que voulez-vous qu'on fasse ? On n'a pas envie de se faire couper les couilles !

Pauvre homme ! C'est à se demander s'il existe vraiment un bon Dieu là-haut.

La blessure du docteur Da Barca était parfaitement propre. La balle était sortie par le cou sans toucher d'organe vital. Il a perdu beaucoup de sang, dit le docteur Soláns, mais avec un peu de chance il va s'en tirer.

Sainte Vierge ! On dirait que c'est vraiment un miracle, en tout cas c'est un message. L'enfer aussi possède ses propres règles, remarqua l'aumônier de la prison. Qu'on réunisse le conseil de guerre et qu'il soit enfin fusillé par la volonté de Dieu.

Tout le monde était en grande discussion dans le bureau du directeur. Le chef était inquiet également : Je ne sais pas ce qui se passe en haut lieu, mais ils ont l'air très nerveux. Ils disent que ce docteur Da Barca devrait être mort depuis longtemps, qu'il aurait même dû mourir parmi les premiers, juste après le coup d'État. Ils ne veulent pas qu'il soit jugé. Il paraît qu'il a une double nationalité et que ça pourrait faire du grabuge.

Le chef s'approcha de la fenêtre du bureau. Au loin, près du phare d'Hercules, un sculpteur taillait des croix de pierre. De vous à moi, mon père, je vais vous dire ce que je sais. Ils veulent le retirer de la circulation quel qu'en soit le prix. Il ne faut pas oublier que sa fiancée est une femme très belle. C'est une vraie splendeur et, à ce propos, vous savez que vous pouvez me faire confiance, mon père. Bref, ce qui est absolument certain c'est que les morts qui ne meurent pas ne font que nous compliquer l'existence.

Mais enfin, cet homme est vivant, s'exclama le docteur Soláns avec une étrange fermeté. J'ai fait un serment en devenant médecin et je n'ai absolument pas l'intention de devenir parjure. Sa santé est en ce moment entre mes mains.

Pendant toute la durée des soins, le docteur Soláns monta la garde à l'infirmerie. La nuit, il s'enfermait de l'intérieur. Et lorsque le docteur Da Barca recouvra l'usage de la parole, ils trouvèrent un sujet de réflexion commun : *La pathologie générale* du docteur Nóvoa Santos.

Dites-moi, mon père, demanda le directeur mis en confiance par les confidences du chef, que pensez-vous du cas de Dombodán, celui qu'on appelle O'Neno [1].

Penser, mais pour quoi faire ? demanda le curé.

Il est condamné à mort. Mais nous savons tous que c'était l'idiot du village. C'est un débile mental, quoi !

1. Le môme.

10

La plus grande preuve d'amitié, à la prison, c'était d'aider les autres détenus à se débarrasser des poux. Tout comme le ferait une mère avec son enfant.

Il était impossible d'obtenir du savon, donc on ne lavait le linge qu'avec de l'eau, et encore ! Il n'y en avait vraiment pas beaucoup ! Patiemment, il fallait retirer les parasites et les lentes. En prison, la faune la plus nombreuse, après les poux, ce sont les rats. Ils étaient apprivoisés et parcouraient toute la nuit les formes vagues en train de rêver. Mais qu'est-ce qu'ils pouvaient bien manger, nom de Dieu ? Le docteur Da Barca prétendait qu'ils se nourrissaient de rêves. Je vous assure qu'ils rongent nos rêves. Les rats puisent aussi bien leur pitance dans le monde conscient que dans le monde inconscient.

À la prison, il y avait également un grillon. C'est Dombodán qui l'avait trouvé dans la cour et il lui avait fait une petite maison en carton, dont la porte demeurait toujours ouverte. Il chantait jour et nuit sur la petite table de l'infirmerie.

Lorsqu'il eut bien récupéré, le docteur Da Barca fut traduit devant le conseil de guerre et condamné à mort. On considéra que c'était un dirigeant du Front populaire, qu'il faisait partie de la coalition politique de l'« Anti-Espagne », qu'il militait pour l'Autonomie de la Galice, que c'était un « séparatiste » et un des cerveaux du « comité révolutionnaire » ayant organisé la résistance contre le « glorieux Coup d'État » de 1936.

Pendant plusieurs mois, une lutte d'influence très tendue eut lieu dans les bureaux du nouveau pouvoir. À l'étranger, on avait pris connaissance du cas du docteur Da Barca et une campagne internationale pour obtenir sa libération fit rage. On ne peut pas dire que la bande des putschistes ait jamais été très sensible à ce genre de manifestation, mais dans ce cas précis un problème jusque-là inédit contribua à compliquer l'exécution de la sentence. Étant né à Cuba, le condamné bénéficiait d'une double nationalité. Et quoique le gouvernement de ce pays fût favorable à Franco, l'ensemble de la presse exigeait, à grand renfort de gros titres, la clémence pour le jeune médecin. Même l'opinion la plus conservatrice adhérait avec beaucoup d'émotion à l'histoire de cet homme qui s'était plusieurs fois dégagé des griffes de la mort. Dans l'anxiété de l'attente, et comme si des ondes secrètes avaient traversé l'Atlantique, les chroniques radiophoniques révélaient certains passages du procès, et soulignaient la superbe du jeune médecin, face au tribunal militaire. La version la plus courante expliquait qu'il avait conclu son discours avec quelques vers qui avaient bouleversé toute la salle.

Esta es España ! Atónita y maltrecha
bajo el peso brutal de su infortunio *[1].

On lui avait également attribué, en apothéose à son plaidoyer, une envolée lyrique probablement apocryphe mais bien intentionnée, car tout le monde connaissait parfaitement le penchant du chroniqueur pour l'emphase, une évocation bien appropriée de José Martí.

Y para el cruel que me arranca
el corazón con que vivo,
cardo ni ortiga cultivo :
Cultivo una rosa blanca *[2].

1. Voilà l'Espagne ! Interdite et mal en point / sous l'insoutenable poids de son infortune.
Les mots ou expressions en italique suivis d'un astérisque sont en espagnol dans le texte galicien.
2. Et pour l'homme cruel qui m'arrache / le cœur grâce auquel je vis, / je ne cultive point de chardon ni d'ortie : / je cultive une rose blanche.

On a ensuite prétendu qu'il avait déclamé d'autres vers et qu'on a dû dégainer le sabre pour l'interrompre, mais c'est faux, j'étais là et ça ne s'est pas passé ainsi, expliqua Herbal à Maria da Visitação. Le docteur Da Barca ne récita aucun sonnet. Il se leva et parla tout le temps d'un ton parfaitement posé, comme s'il faisait voler un cerf-volant, ce qui suffit largement à exaspérer les juges. Ils lui donnaient la parole pour la forme et pour eux le docteur avait déjà un pied hors de la salle. D'abord, il exposa quelque chose à propos de la justice, que pour ma part j'ai reçu comme un sabir incompréhensible, mais on comprenait quand même où il venait en venir. Et puis il parla des citrons et de Dombodán. Dombodán était un garçon plutôt costaud, tendre comme du bon pain et un peu simple d'esprit un innocent dit-on chez nous, un innocent qui avait été arrêté avec des mineurs de Lousame partant défendre La Corogne avec des pains de dynamite. Il s'était installé avec eux dans le camion et ils l'avaient laissé faire parce que Dombodán était leur mascotte, il les suivait partout où ils allaient. Dombodán attendait son exécution dans une cellule d'isolement. Il n'avait même pas compris qu'on allait le tuer. Le docteur Da Barca ne dit rien pour sa propre défense et je pense que c'est ce qui irrita le plus profondément le tribunal. Sans compter que l'heure du repas approchait.

Messieurs les juges, aurait dit le docteur Da Barca si on avait pu entendre ses pensées, la justice appartient aux puissances de l'esprit. Et c'est pour cette raison qu'elle peut germer dans des lieux parfois peu favorables, et, lorsqu'on fait appel à elle, la voici qui accourt, si on lui bande les yeux, ses oreilles demeurent toujours en alerte. Elle arrive d'on ne sait où, des confins d'une contrée où il n'existe pas encore de juges ni d'accusés et où les lois n'ont pas encore été écrites. Venons-en aux faits, coupa méchamment le président du tribunal, nous ne sommes pas à l'athénée, ici. Très bien, monsieur le président. À l'époque des grandes navigations maritimes, la première cause de mortalité était le scorbut, bien avant les naufrages et même les batailles navales. C'est pour cette raison qu'on l'a baptisée la *maladie du marin.* Dans les voyages au long cours, seulement vingt pour cent des marins arrivaient vivants à bon port. Au milieu du XVIIIe siècle, le capitaine James Cook emporta dans sa cargaison une barrique de jus de citron et il découvrit que... Je vais être obligé de vous reprendre la parole. Ceci est mon testament, monsieur le président. Alors abrégez-le, vous n'êtes tout de même pas si âgé que vous puissiez ainsi remonter jusqu'à Christophe Colomb. Messieurs, j'affirme qu'il suffirait d'une infime réserve de citrons pour éviter les souffrances des marins que, pour le coup, aucun tribunal n'a jamais décrétées. Je me suis adressé à toutes sortes d'instances, j'ai également réclamé des bandes et de l'iode, car il faut avouer que l'infirmerie, à bord d'un bateau... Est-ce que vous aurez bientôt terminé ? En ce qui concerne mon propre cas, monsieur le président, et malgré la pudeur qui me caractérise, je voudrais faire état d'une circonstance atténuante en ma faveur. En profitant des vacances imprévues que m'a offert mon emprisonnement, j'ai fait ma propre analyse et je me suis aperçu, non sans surprise, que j'étais victime d'une anomalie psychique. Concernant leur santé, les médecins se trompent rarement sur eux-mêmes. Mon cas pourrait être décrit comme un retard mental, un retard léger mais néanmoins chronique, le résultat peut-être d'un accouchement difficile ou d'une carence alimentaire au cours de mon enfance. Certains individus qui se sont trouvés dans la même situation que la mienne, mais plus démunis du point de vue émotionnel, ont été pris pour des fous et enfermés à l'asile de Conxo. Mais moi, j'ai eu la chance d'être accueilli par la communauté, elle m'a offert un abri, elle m'a confié les tâches que l'on confie depuis toujours aux enfants. Je suis allé chercher de l'eau à la source, du pain au fournil et puis j'ai aussi effectué des tâches qui m'ont demandé d'utiliser ma force physique que cachait mon apparente nonchalance : j'ai transporté du bois pour faire du feu, des pierres pour construire des murs de clôture et même un veau dans mes bras. Et dans sa subtile sagesse pour me récompenser, le peuple m'a appelé innocent et non pas imbécile, et même les mineurs ont fini par accepter mon amitié. Ils me payaient toujours à boire à la taverne, ils m'emmenaient aux fêtes de village, et moi je buvais et je dansais comme si j'étais le plus vaillant du groupe. J'allais partout où ils allaient. Et ils ne m'ont jamais traité d'imbécile. Voilà ce que je suis, messieurs du tribunal, je suis un innocent, je suis Dombodán, O'Neno.

Le nom de Dombodán fit l'effet d'un pétard dans le ventre de chacun dans la salle. Le président du tribunal se leva et, hors de lui, donna l'ordre au docteur Da Barca de se taire en dégainant son sabre. Fini de faire du théâtre ! La séance est levée ! La sentence a déjà été prononcée !

Je crois que le président aurait bien aimé entendre tout de suite résonner un requiem.

11

Cette fois, la campagne internationale produisit son effet. Au dernier moment, et à la
demande du gouvernement cubain, la peine de
mort du docteur Da Barca fut commuée en
réclusion à perpétuité.

Le docteur, avec sa manière bien à lui de se
conduire, était peu à peu devenu une sorte de
soutien dans la prison, raconta Herbal à Maria
da Visitação. On aurait dit un de ces guérisseurs
qui soignent les verrues à distance, grâce à une
simple formule magique. Même lorsqu'il avait
un pied dans la tombe, et qu'il attendait son
exécution, il s'efforçait d'encourager les autres
détenus.

Les prisonniers politiques avaient organisé
une sorte de communauté. Et ces gens qui ne
se parlaient pas lorsqu'ils étaient au-dehors, ces
anarchistes et ces communistes qui se haïssaient
très fort commencèrent à s'entraider dès qu'ils
se retrouvèrent ensemble en prison. Ils eurent

même l'idée de publier une feuille clandestine qu'ils intitulèrent *Le Bungalow.*

De vieux républicains, des vétérans régionalistes galiciens de la Cova Céltica [1] et des Irmandades da Fala [2], avec leur allure d'anciens chevaliers de la Table Ronde qui communiaient à la messe, faisaient parfois office de conseil des sages pour résoudre les conflits et les querelles surgissant parmi les détenus. La période des promenades et des exécutions sommaires était révolue. Les *paseadores* continuaient à faire leur sale boulot hors des prisons, mais les militaires avaient décidé de faire régner la discipline dans ces terribles chaudrons de l'enfer. On continuait à fusiller, mais après que le conseil de guerre s'était sommairement consulté.

Grâce à leur organisation parallèle, les prisonniers étaient parvenus à améliorer, autant que faire se peut, leurs conditions de détention. Ils mirent eux-mêmes en place des mesures d'hygiène et se chargèrent de la distribution de la nourriture. Conjointement à l'horaire officiel, ils avaient établi un emploi du temps non écrit, grâce auquel les activités quotidiennes

1. Mouvement réunissant des régionalistes de La Corogne, à la fin du XIXe siècle, à l'époque où se forgea l'idée de l'origine celtique du peuple galicien.
2. Associations fondées en 1916 avec l'objectif de promouvoir la langue galicienne ; ses membres furent d'une certaine manière les précurseurs du mouvement régionaliste galicien qui naquit par la suite.

s'harmonisaient. Les tâches furent distribuées avec un tel sens de l'organisation et de l'efficacité que de nombreux prisonniers de droit commun demandèrent de l'aide aux prisonniers politiques. Un gouvernement de l'ombre, c'est le cas de le dire, se cachait derrière les barreaux de la prison, un Parlement doté d'une véritable assemblée ainsi que de plusieurs juges de paix. Et aussi une école où l'on pouvait apprendre les humanités, un bureau de tabac, une caisse commune servant de mutuelle et même un hôpital.

Le docteur Da Barca était responsable de l'hôpital des prisonniers.

Il y avait un peu de personnel à l'infirmerie, raconta Herbal à Maria da Visitação, mais c'était le docteur Da Barca qui assurait le gros du travail. Même le médecin en titre, le docteur Soláns, lorsqu'il venait faire ses visites, attendait les instructions tel un adjoint occasionnel. Le docteur Soláns ne parlait presque jamais. Tout le monde savait parfaitement qu'il s'injectait je ne sais quelle drogue avant de se rendre à la prison. On voyait bien que cet endroit le dégoûtait ; et en plus, lui, il n'y habitait pas ! Alors il avait toujours l'air d'être ailleurs, effaré de voir que le destin l'avait fait échouer, lui et sa blouse blanche, dans cet endroit du monde. Le docteur Da Barca appelait tous les prisonniers par leur nom, qu'ils soient « politiques » ou « droits communs », il connaissait leur histoire sans recourir au fichier. Je ne sais pas comment il faisait. Sa tête allait aussi vite qu'un almanach.

Un jour, un militaire de l'inspection médicale se présenta à l'infirmerie. Il demanda qu'on pratique une consultation devant lui. Le docteur Soláns était extrêmement nerveux, on aurait dit qu'il se sentait surveillé. Et le docteur Da Barca s'effaça devant lui, il se mit en retrait et sollicita des conseils avant de prendre des initiatives. Tout à coup, alors qu'il allait pour s'asseoir, l'inspecteur fit un faux mouvement et le pistolet qu'il portait sous l'aisselle tomba par terre. Nous, on était là pour surveiller un prisonnier qu'on disait très dangereux, Gengis Khan, un type qui avait été boxeur et lutteur et qui en tenait un sacré grain. De temps en temps il avait des crises et il devenait fou furieux. On l'avait enfermé parce qu'il avait tué un homme sans le vouloir. Seulement pour lui faire peur. Cela s'était passé au cours d'un gala de lutte libre. Dès que le combat commença entre Gengis Khan et un autre qu'on appelait le Taureau de Lalín, un gringalet du premier rang se mit à hurler que la rencontre était truquée. Truqué, truqué ! Gengis Khan saignait du nez, mais malgré ça le gringalet répugnant du premier rang n'était pas satisfait, comme si la mauvaise blessure n'avait pas suffi à le persuader que le match était bien réel. C'est alors que Gengis

Khan eut une de ses crises. Il souleva le Taureau de Lalín à bout de bras, un mâle de cent trente kilos, et il le lança de toutes ses forces sur le gringalet qui continuait à hurler : Truqué et qui n'eut jamais plus le loisir de se sentir grugé.

Mais je reviens à mes moutons : À l'infirmerie, tous les regards se tournèrent vers le pistolet, comme si c'était un rat crevé. Puis le docteur Da Barca dit calmement : Votre cœur est tombé par terre, mon cher collègue. Même le colosse qu'on avait menotté pour l'emmener en consultation, le fameux Gengis Khan, fut impressionné. Puis il éclata de rire et dit : Absolument, cher Monsieur, je vous assure que cet homme a plus de couilles que vous ! Et depuis ce jour-là, il voua un tel respect au docteur Da Barca qu'à l'heure de la promenade il ne le quittait pas d'une semelle comme si c'était son garde du corps. Il commença même à fréquenter les cours de latin que dispensait le vieux Carré, celui qui faisait partie des Irmandades da Fala. Et Gengis Khan se mit peu à peu à utiliser des expressions très insolites. Il disait de n'importe quelle affaire problématique que ce n'était pas *pataca minuta*[1] ; et lorsque les choses devenaient incontrôlables, il affirmait que tout allait

1. Jeu de mots intraduisible. Il s'agit de la locution latine *peccata minuta*, que le personnage confond ici avec *pataca*, qui signifie en galicien « patate ».

de *Caraïbe en Sylla*. Cela valut à Gengis Khan le surnom de *Pataquiña*[1]. Quoiqu'un peu voûté, il mesurait deux mètres et portait des bottes trouées d'où dépassaient d'épais orteils aussi puissants que les racines d'un chêne.

Les prisonniers montèrent également un orchestre. Il y avait parmi eux plusieurs musiciens, vraiment de bons musiciens, les meilleurs musiciens de Mariñas, une région où il y avait beaucoup de bals à l'époque de la République. La plupart de ces musiciens étaient anarchistes et ils adoraient les boléros romantiques et leur tempo éblouissant et mélancolique. Ils n'avaient pas d'instruments, mais ils jouaient avec le vent, en soufflant dans leurs mains. Ils jouaient du trombone, du saxo, de la trompette. Chacun imitait son instrument avec le vent de son souffle et avec ses mains. Par contre, les percussions étaient authentiques. Le dénommé Barbarito était capable de jouer du jazz avec un pot de chambre. Ils avaient hésité à s'appeler Orchestre Ritz ou Orchestre Palace, et finalement c'est Orchestre Cinq Étoiles qui s'imposa. C'est Pepe Sánchez qui chantait. On l'avait arrêté, avec d'autres réfugiés, dans les soutes d'un bateau de pêche qui était sur le point d'appareiller pour la France. Sánchez avait un don pour le chant. La prison se trouvait au fond d'une

1. Petite patate.

cuvette située entre le phare et la ville, et quand Sánchez commençait à chanter dans la cour de l'établissement, les détenus regardaient la découpe des maisons au loin et ils avaient tous l'air de dire : Vous ne savez pas ce que vous ratez. Dans ces moments-là, n'importe qui aurait payé pour se trouver en prison. Dans le fond de sa guérite, Herbal posait le fusil, s'appuyait sur l'oreiller de pierre et fermait les yeux comme le concierge à l'opéra.

Une légende circulait à propos de Pepe Sánchez. Peu de temps avant les élections de 1936, alors qu'on prévoyait déjà la victoire de la gauche, la droite avait organisé en Galice ce qu'on appelait des Missions. C'étaient des sortes de prédications qui se déroulaient en plein air et qui s'adressaient en particulier aux femmes de la campagne, parmi lesquelles les réactionnaires ramassaient énormément de voix. Les sermons étaient apocalyptiques. On y prédisait de terribles fléaux. Les hommes et les femmes allaient s'accoupler comme des bêtes. Les révolutionnaires enlèveraient les enfants à leurs mères dès leur naissance pour les élever dans l'athéisme. On leur prendrait les vaches sans leur payer un sou. Les processions se feraient en l'honneur de Lénine ou de Bakounine et non plus de la Vierge Marie ou de Notre Seigneur Jésus-Christ. Une de ces Missions devait avoir lieu à Celas et un groupe d'anarchistes décida de la faire échouer. Le tirage au sort désigna Pepe Sánchez. Le plan était le suivant : Il devait s'y rendre à dos d'âne, déguisé en dominicain, et faire irruption, comme un possédé, en pleine prédication. Sánchez n'ignorait pas de quoi était capable une foule trompée et, le jour venu, il avala une chopine d'eau-de-vie au petit déjeuner. Lorsqu'il fit irruption sur les lieux, chevauchant son âne et vociférant « Vive le Christ Roi, mort à Manuel Azaña » ! et d'autres choses du même acabit, les prédicateurs n'étaient malheureusement pas encore arrivés. Ils avaient été retardés par on ne sait quoi. La foule le prit donc pour un véritable dominicain et le conduisit, contre son gré, vers la chaire improvisée. Pepe Sánchez fut alors bien obligé de prendre la parole. Et il commença à dire tout ce qu'il avait sur le cœur. Qu'aucun homme au monde n'était assez vertueux pour commander un autre homme sans l'accord de ce dernier. Que l'union entre un homme et une femme devrait être libre, sans autre bague ou alliance que l'amour et la responsabilité. Que ceci et que cela ! Et que celui qui vole un voleur sera cent fois pardonné et que la pire des bêtises pour un agneau, c'est d'aller se confesser chez le loup. C'était un homme magnifique. Et les rafales de vent, qui faisaient flotter son habit et ses longs cheveux, lui donnaient une belle allure de prophète. On entendit d'abord quelques murmures, puis ce fut le silence. Une partie du public, en particulier les jeunes filles, l'approuvait et le regardait avec dévotion. Et c'est alors que Pepe, qui avait perdu toute retenue, se croyant au beau milieu d'un kiosque à musique, se mit à chanter ce boléro qu'il aimait tant :

> *En el tronco de un árbol una niña*
> *grabó su nombre henchida de placer,*
> *y el árbol conmovido allá en su seno*
> *a la niña una flor dejó caer* *[1].*

Cette Mission fut un véritable succès.

Pepe Sánchez fut fusillé à l'aube d'un matin pluvieux de l'automne 1938. La veille, on n'entendit rien dans toute la prison. Seulement des restes de mots contenus dans les cris des mouettes. Puis ce fut la lamentation du verrou à l'intérieur de la serrure. Le râle des égouts. Et Pepe se mit à chanter. Il chanta toute la nuit accompagné par les instruments à vent des musiciens de l'Orchestre Cinq Étoiles. Alors qu'on l'emmenait et que le curé susurrait derrière lui quelques prières, il eut encore l'humour de crier à travers le couloir : Je pars à la conquête du ciel ! Et dites-vous bien que je suis

1. Dans le tronc d'un arbre une jeune fille / comblée de plaisir grava son nom / et l'arbre ému au plus profond de lui / laissa tomber une fleur sur la jeune fille.

tout à fait capable de passer à travers le chas d'une aiguille ! C'est vrai qu'il était aussi svelte que le tronc d'un saule.

Cette fois-là il n'y eut aucun volontaire pour faire partie du peloton d'exécution, dit Herbal à Maria da Visitação.

12

Par deux fois le docteur Da Barca vainquit la mort. Et par deux fois, on aurait pu se dire que la mort allait finir par le vaincre, par l'acculer et par le clouer définitivement à la paillasse de sa cellule.

Ce fut juste après les exécutions de Dombodán et de Pepe Sánchez.

Il a toujours été courageux, mais je l'ai vu se laisser aller par deux fois, raconta Herbal à Maria da Visitação. Lors de la mort de O'Neno et lors de celle du chanteur. Il demeura plusieurs jours allongé sur sa paillasse, plongé dans un profond sommeil, comme s'il s'était injecté un plein tonneau de valériane.

La dernière fois, c'est Gengis Khan qui demeura à ses côtés pour prendre soin de lui.

Lorsque le docteur se réveilla, il lui demanda : Mais que fais-tu donc là, *Pataquiña* ?

Je vous retire les poux et je chasse les rats autour de vous, docteur.

J'ai dormi si longtemps que ça ?

Trois jours et trois nuits.

Merci, Gengis. Je t'invite à déjeuner.

Ce qui est sûr, c'est qu'il avait un sacré pouvoir de persuasion, raconta Herbal à Maria da Visitação.

À l'heure du déjeuner, dans le réfectoire, le docteur Da Barca et Gengis Khan prirent place l'un en face de l'autre et tous les prisonniers assistèrent à ce banquet.

En entrée, tu vas prendre un cocktail de fruits de mer. De la langouste à la sauce rose sur un cœur de laitue de la vallée de Barcia.

Et qu'est-ce qu'on boit avec ça ? demanda Gengis Khan qui n'en croyait pas ses oreilles.

Je vais te servir, répondit le plus sérieusement du monde Da Barca, un petit vin blanc du Rosal.

Il le regarda fixement, en le cadrant dans la lucarne de ses yeux, et il se passa effectivement quelque chose d'extraordinaire : Gengis Khan cessa de plaisanter, chancela un petit instant comme s'il se trouvait sur un très haut sommet et qu'il avait le vertige, puis demeura complètement hébété. Le docteur Da Barca se leva, fit le tour de la table et lui ferma doucement les paupières, comme s'il baissait des rideaux de dentelle.

Alors, comment trouves-tu ce cocktail ?

Gengis Khan hocha la tête, la bouche pleine.

Et le vin blanc ?

Il est gou..., gouleyant à souhait, balbutia-t-il, extasié.

Parfait, mais vas-y doucement.

Un peu plus tard, lorsque le docteur Da Barca lui apporta le plat de résistance, un rôti de veau avec de la purée de pommes, arrosé de vin rouge d'Amandi, le teint de Gengis Khan commençait déjà à changer. Le géant pâle et maigre affichait maintenant la mine rougeaude et luisante d'un abbé gonflé par la gourmandise. Un sentiment d'abondance paysanne et de jours heureux avait envahi son corps. Une douce revanche contre le temps qui passe gagna rapidement tous ceux qui étaient autour de lui. Il régnait dans ce réfectoire un étrange silence : Chacun avait collé sa langue au palais et regardait la scène avec des yeux émerveillés. Les cuillères cessèrent de crisser dans les gamelles remplies d'une soupe indescriptible : Les prisonniers disaient que c'était de *l'eau qui avait servi à laver des tripes.*

Et maintenant, mon cher Gengis, déclara solennellement le docteur Da Barca, voici le dessert promis.

Un flan divin ! cria spontanément quelqu'un avec un désir irrépressible.

Un mille-feuilles !

Un gâteau de Saint-Jacques.

Une traînée de sucre en poudre scintilla dans

l'obscurité du réfectoire. Le courant d'air froid qui passait autour des portes laissa pénétrer des torrents de crème. Du miel dégoulinait le long des lézardes des murs.

Le docteur Da Barca fit un geste de la main pour demander le silence.

Des châtaignes, Gengis ! dit-il enfin. Et l'on entendit les prisonniers grommeler, ils étaient déconcertés car c'était vraiment un dessert de pauvres.

Regarde, Gengis, des châtaignes du Caurel, le pays des bois et des montagnes, on les a fait bouillir avec de l'anis et de la menthe. Tu es redevenu enfant, Gengis, les chiens du vent hurlent, la nuit frissonne à la lueur du lumignon et les vieilles gens sont toutes voûtées sous le poids de l'hiver. Voilà ta mère qui arrive, Gengis, elle pose le plat de châtaignes bouillies au centre de la table, on dirait des créatures enveloppées de torchons chauds, elles exhalent une bouffée de vapeur animale qui ramollit les os. C'est l'encens de la terre, Gengis, tu le sens, n'est-ce pas ?

Bien sûr qu'il le sentait. La vapeur magique s'enracina dans ses sens comme si c'était du lierre, elle atteignit ses yeux et il se mit à pleurer.

Et maintenant, Gengis, dit le docteur Da Barca en changeant de ton, tel un comédien, nous allons napper ces châtaignes de crème au chocolat à la mode française, parfaitement Monsieur.

Tout le monde apprécia ce raffinement.

Sur le compte rendu des événements qui fut rédigé après le repas, le directeur de la prison put lire ceci : « Ce jour-là, les détenus ont refusé de manger, ils n'ont cependant pas protesté et ils n'ont pas expliqué la raison de leur attitude. Ils ont quitté le réfectoire sans le moindre incident. »

Ne trouvez-vous pas qu'il a meilleure mine, demanda le docteur Da Barca. Les gens disent la vérité lorsqu'ils parlent du pouvoir de l'illusion. En ce qui le concernait, c'est l'illusion qui fit grimper son taux de glucose.

Puis une éructation de plaisir réveilla Gengis Khan de l'hypnose dans laquelle il avait été plongé.

13

Parfois le défunt sautait de l'oreille d'Herbal, il quittait sa tête et mettait un certain temps avant de revenir. Il doit être parti quelque part, là-bas, à la recherche de son fils, se disait le garde civil avec un brin de nostalgie, car au bout du compte il aimait bien que le peintre lui fasse la conversation lorsqu'il était de garde la nuit. Et il lui apprenait même des choses. Il lui apprenait par exemple que ce qui est le plus difficile à peindre pour un artiste, c'est la neige. La mer aussi, ainsi que les prairies. Toutes les vastes étendues apparemment monochromes. Les esquimaux, lui expliqua le peintre, sont capables de distinguer à peu près quarante nuances dans le blanc de la neige, quarante sortes de blancheurs différentes. Ceux qui peignent le mieux la mer, les prairies et la neige ce sont les enfants. Car, pour eux, la neige peut devenir verte et les prairies peuvent blanchir comme les cheveux d'un vieux paysan.

Est-ce qu'il vous est déjà arrivé de peindre de la neige ?

Oui, mais c'était juste pour un décor de théâtre. Il s'agissait d'une mise en scène sur les hommes-loups. Si l'on place un loup au milieu du paysage, tout devient beaucoup plus facile. On peint sur une toile un loup aussi noir qu'un morceau de charbon, avec un hêtre, tout dépouillé au loin. Un comédien dit le mot « neige » et le tour est joué. Le théâtre est une vraie merveille !

Je trouve que vous dites des choses bien étranges, rétorqua le garde civil, tout en caressant sa barbe clairsemée avec le viseur de son fusil.

Et pour quelle raison ?

Je croyais que, pour les peintres, les images étaient beaucoup plus importantes que les mots.

L'important, c'est de voir ce qu'il y a à voir, voilà ce qui est important. Et cependant, ajouta le peintre, on dit qu'Homère, le premier écrivain, était aveugle.

Ce qui signifie, enchaîna ironiquement le garde civil, qu'il avait une excellente vue.

C'est exact. C'est exactement ce que ça signifie.

Puis, ils se turent en même temps ; leur regard fut attiré par la machinerie théâtrale que déployait maintenant au loin le crépuscule. Le soleil glissait derrière la montagne de San

Pedro et atteignait peu à peu le quai de l'exil. À l'autre extrémité de la baie, les premières aquarelles du phare rendaient plus intense la musique de la mer.

Peu de temps avant ma mort, dit le peintre — il dit cela comme si sa mort ne les concernait pas tous les deux —, j'ai peint ce paysage, celui que nous sommes en train de regarder en ce moment. Ce fut pour le décor du *Canto Mariñan*, chanté par la chorale de Ruada, au Théâtre Rosalía de Castro.

J'aurais bien aimé assister à la représentation, dit le garde civil avec une sincère courtoisie.

Je n'avais rien fait d'extraordinaire. La mer était juste suggérée par la présence du phare : la tour d'Hercules. La mer, c'était la pénombre. Je n'avais même pas essayé de la peindre. Je voulais seulement qu'on entende sa longue litanie. Il est impossible de peindre la mer. Un peintre digne de ce nom, aussi réaliste soit-il, sait très bien qu'on ne peut pas transposer la mer sur une toile. Il y a cependant un peintre, un Anglais qui s'appelait Turner, qui a parfaitement réussi ce pari. L'image de la mer la plus impressionnante que je connaisse est celle du naufrage d'un navire de négriers. Sur cette toile, on peut affirmer que l'on entend la mer. On entend les hurlements des esclaves, des esclaves qui sans doute ne connaissaient de la mer que le va-et-vient incessant au fond des cales. J'aurais beaucoup aimé parvenir à peindre la mer du dedans, mais pas comme le ferait un noyé, plutôt comme un scaphandrier. J'aurais aimé plonger avec ma toile, mes pinceaux et tout le reste : on dit qu'un peintre japonais l'a déjà fait.

J'ai un ami qui le fera peut-être un jour, ajouta-t-il avec un sourire nostalgique. S'il n'attend pas de se noyer d'abord dans le vin. Il s'appelle Lugrís.

L'heure préférée du peintre, pour rendre visite à la tête du garde civil Herbal, était, on ne sait pourquoi, l'heure du crépuscule. Il se posait doucement sur son oreille, comme le crayon d'un charpentier.

Lorsqu'il sentait le contact du crayon et qu'il abordait avec lui des sujets tels que les différentes couleurs de la neige, ou la faux du pinceau frôlant le vert silence des prairies, ou même le peintre sous-marin, ou encore la lanterne d'un cheminot s'ouvrant un chemin dans le brouillard de la nuit et la phosphorescence des lucioles, le garde civil sentait s'évanouir, comme par enchantement, son angoisse et les sifflements de ses poumons, pareils à ceux d'un soufflet détrempé, et même les délirantes sueurs froides qui le saisissaient après avoir fait toujours le même cauchemar : un coup de feu tiré à bout portant dans la tempe d'un prisonnier. Le garde civil Herbal se sentait bien dans le rôle qu'il jouait à ce moment-là : le rôle d'un homme oublié au fond de sa guérite. Il avait l'impression que les battements de son cœur s'accordaient aux coups du burin du tailleur de pierres et se succédaient doucement, juste ce qu'il fallait, pour assurer un service minimum qui lui permettait de continuer à vivre. Ses pensées étaient semblables au projecteur du cinématographe. C'étaient les mêmes images que celles de son enfance, lorsqu'il était berger et que son regard se fixait tout à coup sur un pivert martelant les spires du temps sur la verticale de l'écorce d'un arbre, ou lorsque ses yeux fixaient un brin d'herbe au bord de l'horloge fatale d'un tourbillon de la fontaine.

Regarde, les lavandières sont en train de peindre la montagne, lança soudain le défunt.

En effet, deux lavandières étendaient leur linge au soleil, entre les rochers, sur les buissons qui entouraient le phare. Leur baluchon ressemblait au ventre de chiffon d'un magicien. Elles en tiraient d'innombrables pièces de couleurs qui repeignaient différemment la montagne. Les mains roses et boudinées suivaient les injonctions que lançaient les yeux du garde civil guidés à leur tour par le peintre : Les lavandières ont les mains roses parce qu'à force de frotter et de frotter sur la pierre du lavoir, le temps qui passe se détache de leur peau. Leurs mains redeviennent leurs mains d'enfant, juste avant qu'elles ne soient lavandières.

Leurs bras, ajouta le peintre, sont le manche du pinceau. Ils ont la couleur du bois des aulnes car eux aussi ont grandi au bord de la rivière. Lorsqu'ils essorent le linge mouillé, les bras des lavandières deviennent aussi durs que les racines plantées dans la berge. La montagne ressemble à une toile. Regarde bien. Elles peignent sur les ronces et les genêts. Les épines sont les plus efficaces pinces à linge des lavandières. Et vas-y ! La longue touche de pinceau d'un drap tout blanc. Et encore deux touches de chaussettes rouges. La trace légère et tremblante d'une pièce de lingerie. Chaque bout de tissu étendu au soleil raconte une histoire.

Les mains des lavandières n'ont presque pas d'ongles. Cela aussi raconte une histoire, une histoire comme pourrait en raconter également, si nous disposions d'une radiographie, les cervicales de leur colonne vertébrale, déformées par le poids des baluchons de linge qu'elles transportent sur la tête depuis de si nombreuses années. Les lavandières n'ont presque pas d'ongles. Elles racontent que leurs ongles ont été emportés par le souffle des salamandres. Mais, bien entendu, venant d'elles, ce n'est qu'une explication magique. Les ongles ont été tout simplement rongés par la soude.

Lorsque le défunt n'était pas là, c'était

l'Homme de Fer qui tentait de prendre sa place dans la tête du garde civil Herbal. L'Homme de Fer, lui, n'arrivait jamais à l'heure mélancolique du crépuscule, il ne s'installait pas non plus comme un crayon de charpentier sur l'oreille. L'Homme de Fer se présentait dès le matin dans le miroir, lorsque Herbal commençait à se raser. Le garde civil avait toujours des réveils difficiles. Il passait la nuit à s'étouffer, il était aussi essoufflé que s'il n'avait pas arrêté de monter et de descendre des montagnes en tirant sur le licol d'une mule chargée de cadavres. Ainsi, l'Homme de Fer le trouvait tout à fait prêt à entendre des conseils qui, en réalité, étaient plutôt des ordres. Apprenez donc à soutenir le regard des autres et à vous faire respecter grâce à lui, pour cela il faut apprendre à ne pas desserrer les dents. Parlez le moins possible. Les mots, même ceux qui ordonnent ou qui sont parfaitement désagréables, constituent toujours une porte ouverte pour les dilettantes. Les plus faibles d'entre eux s'y raccrochent comme un naufragé au mât du bateau. Le silence, agrémenté de gestes péremptoires et guerriers, produit un effet bien plus intimidant. N'oubliez pas que les relations entre les hommes sont essentiellement faites de rapports de pouvoir. C'est pareil que chez les loups, la manière qu'on a de regarder autrui peut bouleverser l'ordre des choses : c'est ainsi qu'on détermine la domination ou la soumission. Et reboutonnez votre uniforme, soldat ! Vous êtes un vainqueur. Il faut que tout le monde le sache.

Dans la chambre que sa sœur lui avait réservée, il y avait une bicyclette accrochée au mur. C'était une bicyclette que personne n'utilisait. Les pneus étaient si propres qu'on aurait dit qu'ils n'avaient jamais touché le sol, et les garde-boue en fer blanc brillaient comme du faux argent. Avant de se coucher, il s'asseyait sur le lit devant la bicyclette. Lorsqu'il était enfant, il avait rêvé de posséder un engin pareil. Ou peut-être pas. Peut-être n'était-ce tout simplement qu'un rêve qu'il rêvait d'avoir rêvé. Tout à coup, il eut le sentiment de s'être toujours fait berner. La seule chose qu'il se souvenait d'avoir rêvé, son seul et unique rêve qui avait effacé tous les autres, c'était le rêve de cette fillette, de cette jeune fille et de cette femme qui s'appelait Marisa Mallo. Voilà que, maintenant, elle était accrochée au mur comme l'Immaculée au-dessus de l'autel.

Lorsqu'il allait faire paître le troupeau, il partait souvent avec son oncle, le fameux braconnier. Mais il avait aussi un autre oncle. Un oncle solitaire qui s'appelait Nan, c'était son oncle charpentier.

Lorsqu'il revenait des pâturages avec les vaches, il s'arrêtait à l'atelier de Nan, c'était un hangar qui ouvrait sur le chemin et qui avait été construit avec des planches badigeonnées de poix. Ça ressemblait à un gigantesque coffre de bois posé à l'entrée du village. Nan était un personnage étrange pour Herbal. Dans la pommeraie, il y avait un pommier recouvert de mousse blanche, c'était celui que les merles préféraient. Et pour la famille, son grand oncle charpentier ressemblait en tout point à cet arbre. Il faut dire que la vieillesse guettait tout particulièrement ce patelin. Tout à coup, elle montrait ses dents au détour du chemin et endeuillait les femmes au beau milieu d'un champ de brouillard, elle transformait les voix après une seule gorgée d'eau-de-vie et ne mettait pas plus d'un hiver à rider complètement la peau de quelqu'un. Cependant la vieillesse n'avait pas réussi à pénétrer à l'intérieur de Nan. Elle s'était contentée de lui tomber dessus, de le recouvrir de cheveux blancs et d'une toison blanche et frisée sur sa poitrine. Ses bras étaient enveloppés d'une mousse blanche semblable à celle des branches du pommier, mais sa peau était restée dorée, luisante comme le cœur des sapins qui poussent dans cette région. Sa bonne humeur soulignait ses dents brillantes, et puis il avait toujours cette fameuse crête rouge sur l'oreille. Son crayon de charpentier. Il ne faisait jamais froid dans l'atelier de Nan. Le sol était un confortable lit de copeaux. L'odeur de la sciure supprimait l'humidité. D'où viens-tu ? demandait-il, alors qu'il connaissait la réponse. Un garçon de ton âge devrait être à l'école. Et puis il murmurait sur un ton de reproche : Ils coupent le bois bien avant la saison. Viens ici, Herbal. Ferme les yeux. Et maintenant devine rien qu'à leur odeur, comme je t'ai appris à le faire, lequel de ces deux bouts de bois est du châtaignier et lequel est du bouleau ? L'enfant flairait et approchait son visage des morceaux de bois qu'il effleurait avec le bout de son nez. Ce n'est pas du jeu. On n'a pas le droit de toucher. Il faut trouver rien qu'à l'odeur.

Ça, c'est du bouleau, indiquait enfin Herbal.

Tu en es sûr ?

J'en suis sûr.

Et pourquoi c'est du bouleau ?

Parce que ça sent la femme.

C'est très bien, Herbal.

Puis son oncle approchait à son tour le nez de la bûche de bouleau pour inspirer profondément, les yeux mi-clos. Ça sent la femme en train de prendre un bain dans la rivière.

Herbal décroche le vélo du mur. Le guidon et le garde-boue brillent comme du faux argent. Il fixe sur le porte-bagages la boîte à outils de Nan qui était rangée sous le lit. Tout comme Nan à l'époque, il prépare un café dans un pot en terre cuite comme pour faire une infusion. Le jour commence à pointer et il se met à pédaler sur le chemin longeant la rivière bordée de bouleaux. En face de lui, une silhouette étrange s'approche. Elle porte une tunique et elle est si maquillée que son visage ressemble à un masque. Elle lui fait signe de s'arrêter. Herbal tente de pédaler plus vite, mais voilà que la chaîne déraille.

Bonjour, Herbal, mon tendre ami. Je suis la Mort. Sais-tu où se cachent le jeune accordéoniste et cette putain de Vie ?

Mais soudain Herbal, qui cherche à s'emparer d'une arme, ou de n'importe quoi d'autre pour se défendre, saisit le crayon sur son oreille. Et celui-ci s'allonge et devient une lance rouge. À l'extrémité, la mine de graphite scintille tel du métal affûté. Effrayée, la Mort écarquille les yeux et disparaît. Sur le chemin, il ne reste plus qu'une tâche de pétrole au milieu d'une flaque d'eau. Herbal répare la bicyclette et recommence à pédaler, tout heureux, en sifflotant un paso-doble digne d'un chardonneret, son crayon rouge sur l'oreille. Le voici qui arrive au palais de Marisa Mallo et qu'il la salue mélodieusement en observant le ciel. Quelle belle journée ! Magnifique, ajoute-t-elle. Bien, dit-il en se frottant les mains, que voulez-vous que je fasse aujourd'hui ? Un coffre, Herbal. Un coffre pour le pain.

Je vais le faire en noyer, ma chère dame. Avec

des pieds tournés. Et la serrure ornée d'un écusson.

Et un vaisselier, Herbal. Est-ce que tu me fabriqueras aussi un vaisselier ?

Avec des balustres en spirale.

Mais les ordres de l'Homme de Fer le réveillèrent. Il s'était endormi sur le lit, sans même se dévêtir. Il entendit les gémissements soumis de sa sœur dans la cuisine. Il se rappela ce que le sergent Landesa lui avait dit : Tu peux lui donner un grand coup de pied dans les couilles de ma part. Maintenant ça suffit, grommela-t-il. Espèce de fils de pute.

Tu as compris ce que j'ai dit ? Je veux que le dîner soit toujours bien chaud sur la table, quelle que soit l'heure à laquelle je rentre !

Sa sœur était en chemise de nuit, toute décoiffée, elle tenait une assiette de soupe à la main. La présence d'Herbal sembla l'effrayer encore davantage et elle renversa une partie de l'assiette. L'autre était en uniforme, son holster de cuir croisé sur sa chemise bleue et le pistolet rengainé sous l'aisselle. Il se planta face à Herbal et le regarda fixement en plissant énormément ses yeux. Il était saoul. Il ébaucha un sourire cynique. Puis se passa la langue pâteuse sur les dents.

Tu as fait un cauchemar, Herbal ?

Il dégaina son revolver et le posa sur la table. Près des couverts et du morceau de pain, le Star devint un objet absurde et déplacé. Zalo Puga remplit deux verres de vin.

Allez, assieds-toi. Bois donc un coup avec ton beau-frère. Et toi, il s'adressa à sa femme, donne-moi ce que tu tiens à la main.

Il fit un clin d'œil à Herbal et but à même l'assiette. Il faisait toujours la même chose. Il passait d'une fanfaronnade agressive à une camaraderie d'ivrogne. Beatriz tentait de dissimuler ses traces de coups, mais parfois, lorsqu'ils étaient seuls, elle se laissait aller et fondait en larmes dans les bras de son frère. Soudain, elle ouvrit le sac que son mari venait de rapporter et Herbal s'aperçut que son visage se décomposait, elle était pétrifiée et prise de vertige.

Qu'en penses-tu ? La chasse a été bonne, tu ne trouves pas ? Allez, sors-moi ça de là-dedans.

Je préfère m'en occuper demain.

Allez, vas-y, ma vieille ! Ça ne mord pas. Je veux que ton frère voie ça.

Surmontant son dégoût, elle finit par plonger ses mains dans le sac pour en tirer une tête de porc. Elle la montra, en l'éloignant d'elle et en la tendant vers les deux hommes.

Pauvre bête !

Le beau-frère d'Herbal rit de sa propre plaisanterie. Je l'ai apporté tout entier, ne vous en faites pas, il y a même sa queue ! Et puis il expliqua : Cette saloperie de vieille ne voulait pas le lâcher. Elle disait qu'elle avait déjà donné un fils à Franco et que c'était bien suffisant. Ah, ah, ah !

Zalo Puga avait beaucoup grossi pendant la guerre. Il travaillait au service du ravitaillement. Il faisait partie de ceux qui étaient chargés de confisquer les vivres dans les fermes. Et il se réservait une partie du butin pour sa consommation personnelle. Elle ne voulait pas le lâcher, répéta-t-il avec un petit rire sordide. Elle s'accrochait aux jambonneaux comme si c'étaient des reliques. J'ai été obligé de la frapper.

Lorsque Beatriz traîna le sac vers le garde-manger, il sortit deux Farias de la poche de sa chemise et en offrit un à Herbal. Les premières volutes de fumée se mêlèrent et montèrent vers la lampe dans un duel serré. Zalo Puga le regardait fixement en plissant à nouveau énormément ses yeux.

Tu voulais me tuer, n'est-ce pas ? Mais tu n'auras jamais assez de couilles pour le faire.

Et puis il éclata de rire une nouvelle fois.

14

Quelques collines se dressaient entre la prison et les premières maisons de la ville. Parfois,
à l'heure de la promenade, on apercevait des
femmes, sur les hauteurs, qu'on aurait pu
prendre pour des sculptures, si la brise n'avait
fait flotter leur robe et leurs cheveux. Dans un
coin ensoleillé de la cour, plusieurs hommes
mettaient leur main en visière sur le front pour
les observer. Ils ne s'échangeaient aucun geste.
Seules les femmes balançaient de temps à autre
lentement les bras comme si c'était un code de
signaux qui s'activait davantage lorsqu'un prisonnier semblait l'avoir repéré.

Dans la guérite, à l'angle du mur d'enceinte
de la prison, Herbal, le crayon de charpentier
sur l'oreille, écoutait ce que le peintre lui disait.

Il lui expliquait que les êtres et les choses
possèdent un habit de lumière. Et que même
les Évangiles parlent des hommes en les quali-
fiant d'« enfants de la lumière ». Il devait y

avoir de longs fils de lumière tendus, par-dessus le mur de la prison, entre les prisonniers, dans la cour, et les femmes sur les collines. De longs fils invisibles qui révélaient cependant la couleur des vêtements et les engagements de la mémoire. Il devait même y avoir une véritable passerelle de cordages tressés, lumineux et sensibles. Le garde civil imagina que, derrière leur calme apparent, les prisonniers et les femmes des collines faisaient l'amour et que c'était la tourmente de leurs doigts qui faisait flotter leur robe et leurs cheveux.

Un jour, il aperçut, parmi les autres femmes vêtues pauvrement, sa longue chevelure rousse flottant sous l'effet de la brise et tendant des fils vers la cour de la prison où se trouvait le docteur. Des fils de soie, des fils invisibles que même un tireur d'élite n'aurait su rompre.

Aujourd'hui il n'y avait pas de femmes. Seul un groupe d'enfants, qui ressemblaient à de petits hommes avec leur tête tondue, jouaient à la guerre en imaginant que leur bâton était une épée. Ils se disputaient le haut des collines comme si c'étaient les tours d'une forteresse. Fatigués de se battre à l'épée, ils imaginèrent ensuite que leur bâton était une carabine. Ils se laissaient tomber par terre puis, à la manière des figurants au cinéma, roulaient en faisant le mort, se relevaient en riant et roulaient à nouveau jusqu'aux abords du mur d'enceinte de la prison. L'un d'eux, après avoir longuement dégringolé, leva les yeux et croisa soudain le regard du garde civil. Il saisit alors son bâton, épaula, avança un pied en position de tireur et le mit en joue. Petit morveux, lui lança le garde civil. Et il chercha à lui faire peur. Il saisit son fusil et visa à son tour la tête de l'enfant. Derrière lui, les autres gamins hurlaient tout affolés : Pico ! Va-t'en, cours, Pico ! Le garçon baissa lentement son arme de bois. Son visage était couvert de taches de rousseur et son sourire édenté extrêmement arrogant. Soudain, dans un mouvement vertigineux, il épaula à nouveau et tira : Pan, pan ! puis il s'élança vers le haut de la colline, en courant et en soutenant son pantalon tout rapiécé. Le garde civil le suivit dans le viseur de son fusil. Les joues d'Herbal bouillaient. Lorsque le garçon disparut derrière les rochers, il reposa son arme et respira profondément. L'air lui manquait. Il transpirait horriblement. Soudain il entendit un grand éclat de rire. L'Homme de Fer avait fait tomber le peintre par terre. Et qui plus est, il se moquait de lui.

Qu'est-ce tu as mis sur ton oreille ?

Un crayon. Un crayon de charpentier. Un souvenir d'un gars que j'ai tué.

Alors, là ! Tu peux te vanter d'avoir récupéré un sacré butin de guerre !

Le 1er avril 1939, Franco signa un communiqué annonçant sa victoire.

Aujourd'hui, nous fêtons la victoire de Dieu, dit l'aumônier au cours de son homélie, pendant la messe qui fut célébrée dans la cour. Il ne dit pas cela de façon particulièrement emphatique, mais plutôt sur le ton d'un physicien en train de vérifier par lui-même les lois de la pesanteur. Ce jour-là, on avait placé des gardes civils dans les rangs des détenus. Des personnages officiels étaient présents à cette cérémonie et le directeur ne voulait pas risquer des surprises désagréables, par exemple des concerts de rires ou de toux, ainsi que cela s'était déjà produit lorsqu'un orateur était venu frotter les plaies des prisonniers avec du sel en bénissant la guerre qu'il qualifia de Croisade, et en leur demandant de se repentir tels des anges égarés chez Belzébuth, et d'implorer enfin la protection divine en faveur du Caudillo Franco. Le fanatisme de l'aumônier était beaucoup moins vulgaire, il faisait preuve d'une certaine consistance théologique, se rapprochant parfois du discours des détenus qui étaient, pour la plupart, des fanatiques de livres, de tous les livres qui leur tombaient sous la main, y compris la collection de la *Bibliotheca Sanctorum* ou *Les Merveilles de la vie des insectes*. Il aurait bien aimé voir comment ses supérieurs s'y seraient pris pour prêcher la foi avec ce genre de prisonniers ! Ils

connaissaient le latin, bon Dieu ! Ils connaissaient même le grec ! À l'image de ce fameux
docteur Da Barca qui l'avait un jour emmêlé
dans une toile d'araignée en évoquant la psyché, le soma et même le pneuma.

Pneuma tes aletheias. Le souffle, l'Esprit de la
Vérité. Oui, mon père : voilà ce que signifie
l'Esprit-Saint. Cela signifie l'Esprit de la Vérité,
mon père.

Dieu ne livre pas bataille contre certains
hommes par plaisir, répondit l'aumônier. Pour
Dieu, il n'existe pas de créature ennemie. C'est
seulement le péché, c'est-à-dire la manifestation
de Satan, qui indigne Dieu. D'ailleurs, que
sommes-nous, vus à travers les yeux du Très-
Haut ? De petites têtes d'épingle. Dieu se
contente de maîtriser le cours d'eau de l'histoire, tout comme le meunier détourne le lit de
la rivière. Dieu lutte contre le péché, pas contre
le petit péché, non, ça c'est notre affaire grâce
à la confession, grâce au repentir et au pardon.
Mais il existe aussi le péché originel, le *peccatum
originale,* ce stigmate que nous avons tous en
commun du fait même de naître. Et ensuite il y
a les petits péchés, ou même les très gros
péchés, que nous commettons nous-mêmes, le
peccatum personale, ce sont juste des embûches
naturelles jonchant le chemin de la vie. Mais le
pire de tous les péchés, celui qui nous surpasse
tous et qui a possédé une partie de l'Espagne,

ces dernières années, en trahissant l'essence de notre pays, c'est le Péché de l'Histoire, le Péché avec un P majuscule. Et cette catégorie si répugnante de péché prend souvent racine dans la vanité de l'intellect et profite de l'ignorance des gens les plus humbles, ces gens qui succombent à des tentations telles que la révolution et d'autres invraisemblables utopies sociales. C'est contre ce Péché de l'Histoire que lutte Dieu. Et ainsi que le répètent sans cesse les Saintes Écritures, il faut savoir que la colère de Dieu n'est pas une légende. C'est une colère juste et implacable. Et, pour atteindre la victoire, Dieu choisit ses instruments. Et ses instruments ne sont autres que les Élus de Dieu.

L'aumônier lut le télégramme que le pape Pie XII venait d'envoyer à Franco le 31 mars : « Je rends grâce à Dieu, et je remercie sincèrement Votre Excellence pour avoir contribué à la victoire de l'Espagne catholique. »

C'est à cet instant précis que les premiers raclements de gorge se firent entendre.

C'était le docteur Da Barca, raconta Herbal à Maria da Visitação. Je le sais parce que j'étais juste à côté de lui et je l'ai regardé très méchamment pour le rappeler à l'ordre. On avait reçu des consignes pour couper court à n'importe quel incident. Mais, à part le regarder comme si c'était une sale bête, ce dont il se fichait d'ailleurs éperdument, je ne voyais pas bien ce que je pouvais faire d'autre. Sa toux était sèche, la même toux déguisée que celle des gens distingués qui vont au concert. Et donc, ce fut presque un soulagement pour moi lorsque la toux se propagea à tous les prisonniers. On aurait dit un gigantesque carillon dégringolant du clocher.

On ne savait pas quoi faire. On n'allait quand même pas les tabasser en pleine messe ! Inquiets, les personnages officiels se dandinaient sur leur siège. Finalement, on se mit à souhaiter que l'aumônier, un homme par ailleurs très intelligent, fasse cesser ces toussotements réprobateurs en acceptant de se taire lui-même. Mais, tout comme une roue dentée s'enclenche sur une autre roue dentée, il était entraîné par l'engrenage de son propre sermon.

Il faut savoir que la colère de Dieu existe ! Et que Dieu a obtenu la victoire !

Sa voix était maintenant complètement couverte par la toux des prisonniers et il ne s'agissait plus des si délicats raclements de gorge qu'on entend à l'opéra, mais plutôt du ressac d'une mer démontée. Et le directeur de la prison, que les personnages officiels ne cessaient de fusiller du regard, décida de s'approcher du docteur pour lui donner l'ordre de se taire, il lui dit à l'oreille que c'était le jour de la Victoire et que, si ça continuait, ils allaient fêter ça par une boucherie.

126

Le visage rougeaud de l'aumônier devint extrêmement pâle, le curé était tout à coup envoûté par cette cataracte de toux silicotiques. Il se tut, parcourut les rangs d'un air stupéfait comme s'il revenait à lui et il grommela entre ses dents quelques mots en latin.

Ce que dit l'aumônier, et qu'Herbal ne pouvait bien entendu pas se rappeler, c'est : *Ubi est mors stimulus tuus ?*

Puis, mettant fin à la cérémonie, le directeur proféra les braillements de rigueur :

Espagne ! Et l'on n'entendit que les voix des personnages officiels et des gardes civils : Une !

Espagne ! Les prisonniers demeurèrent en silence. Ce furent les mêmes qui hurlèrent : Grande !

Espagne ! Et alors, l'ensemble de la prison tonna : Libre !

Depuis bien longtemps, Herbal était au courant de la victoire, et ceci grâce aux vaincus. Contrairement à ce que pensent les gens, expliqua-t-il à Maria da Visitação, la prison est un excellent endroit pour obtenir des informations. En fait, les renseignements des vaincus sont généralement les plus fiables. Barcelone tomba en janvier et Madrid tomba au mois de mars. Tolède tomba le 1ᵉʳ avril, ne te découvre pas d'un fil. On pouvait lire chaque défaite sur le visage des prisonniers comme autant de rides, comme autant de couronnes mortuaires

au fond des yeux, dans la lenteur de la démarche, dans le manque d'hygiène personnelle.
Bombardés de mauvaises nouvelles, les prisonniers étaient aussi harassés qu'un bataillon de
soldats vaincus, ils se traînaient le long des couloirs et dans la cour. Les maladies et les épidé-
mies firent à nouveau leur apparition avec
toujours plus de violence, les virus étaient une
nouvelle fois prêts à entrer en action dans
l'épaisse consistance des miasmes.

Mais le docteur Da Barca, lui, continuait à se
raser tous les jours. Il se lavait méthodiquement
dans la cuvette et se regardait dans un petit
miroir au verre fendu qui lui balafrait le visage.
Il se peignait comme si c'était jour de fête. Il
brossait ses chaussures râpées qui brillaient toujours comme une photographie sépia. Il prenait
soin de tous ces petits détails de la même manière qu'un joueur d'échecs soigne ses pions. Il
avait demandé une photographie à Marisa.
Mais il se ravisa.

Reprends-la, ce n'était pas une bonne idée.

Elle eut l'air déçue. Personne n'apprécie
qu'on lui rende sa photographie, et encore
moins dans une prison.

Je ne veux pas te voir enfermée entre ces
quatre murs. Donne-moi plutôt quelque chose
que tu portes sur toi. Quelque chose pour m'en-
dormir.

Elle portait un foulard noué autour du cou et

elle le lui tendit, en respectant le mètre de distance réglementaire. Interdit de se toucher !

Herbal s'interposa. Il inspecta le foulard avec une certaine désinvolture. Il était en coton orné de grecques rouges. Ah, comme il aurait aimé le porter à ses narines pour sentir son parfum ! La couleur rouge est interdite, dit-il. Et c'était vrai. Il le remit dans les mains de Marisa.

Je m'en vais, dit le défunt à Herbal, peu après la fin de la guerre. Je vais essayer de retrouver mon fils. Tu n'aurais pas de ses nouvelles par hasard ?

Il est vivant, je ne t'ai pas menti, lui dit le garde civil un peu vexé. Lorsqu'on est allé l'arrêter, il avait déjà pris la fuite. Par la suite on a appris qu'il s'était déguisé en aveugle et qu'il avait pris un autobus. Et ses lunettes d'aveugle ne l'ont certainement pas empêché d'apercevoir des cadavres de gens tel que lui dans les fossés. On a perdu sa trace dans cette région, ici même, à La Corogne.

Eh bien, je vais essayer de le retrouver. Je lui avais promis de lui donner des cours de peinture.

Ça m'étonnerait qu'il peigne beaucoup, répliqua sèchement le garde civil. Il doit sûrement vivre terré comme une taupe.

Depuis que le peintre était parti, et ainsi qu'il l'avait redouté, Herbal éprouvait à nouveau son habituel malaise. Incapable d'affronter son beau-frère, il abandonna la maison de sa sœur et demanda l'autorisation de dormir à la prison. Le matin, lorsqu'il se réveillait, il avait des vertiges comme si sa tête refusait de se lever en même temps que son corps. Il avait toujours mauvaise mine.

Ce fameux docteur Da Barca lui tapait sur les nerfs. Son allure lui tapait sur les nerfs. Son calme. Et le sourire de Daniel.

L'Homme de Fer profita de l'absence du peintre. Et Herbal écouta ce qu'il avait à lui dire.

Il dénonça le docteur Da Barca. Il le dénonça à propos de quelque chose que le garde civil savait depuis déjà bien longtemps.

Le docteur était en possession d'un récepteur de radio. Les pièces avaient été introduites de l'extérieur, elles avaient été cachées dans des flacons de l'infirmerie. Le sommier métallique d'un des lits faisait office d'antenne. Les prisonniers s'étaient organisés pour demander à tour de rôle des soins urgents et pour permettre ainsi de justifier les allées et venues fréquents, la nuit, dans l'infirmerie. Herbal avait surpris le docteur avec les écouteurs aux oreilles. Et celui-ci lui avait ironiquement répondu que c'était son stéthoscope. Mais il n'était pas si bête.

Il le dénonça également pour une tout autre chose. Il avait de très gros soupçons et pensait que le docteur Da Barca administrait de la drogue à certains malades.

Une nuit, expliqua Herbal au directeur, on a emmené un prisonnier à l'infirmerie. Il se plaignait de terribles douleurs. Il criait comme si on était en train de lui scier un membre. Et, entre deux hurlements, il expliquait qu'il avait très mal à son pied droit. Ce qui était curieux, c'est que le malade, un dénommé Biqueira, n'avait plus de pied droit. On le lui avait amputé, plusieurs mois auparavant à cause de la gangrène. Il faisait partie de ces prisonniers qui avaient essayé de s'enfuir, Monsieur, vous vous souvenez, lorsqu'on a repeint la façade. C'est même moi qui lui ai tiré une balle dans la cheville et les os ont littéralement éclaté. C'est sûrement l'autre pied qui te fait souffrir, lui ai-je dit, c'est le pied gauche. Mais pas du tout, il m'assurait que c'était le pied droit et il se comprimait violemment le membre de ce côté-là, il y enfonçait ses ongles. Il avait une jambe de bois, une jambe en noyer, qu'on lui avait sculptée à l'atelier. Ce doit être le moignon qui ne s'adapte pas bien dans le bois. Et je lui ai retiré la jambe, mais il insistait : C'est le pied, espèce de crétin, c'est la balle que tu m'as tirée dans la cheville qui me fait mal. Nous avons fini par le conduire à l'infirmerie et le docteur Da Barca confirma le plus sérieusement du monde que c'était bien le pied droit qui le faisait souffrir, juste à hauteur de la cheville. Que c'était bien la balle dont il parlait. Moi, j'ai vraiment eu l'impression que tout ça c'était du cinéma. Le médecin lui fit donc une piqûre devant moi et l'assura qu'il allait le guérir. Du calme, Biqueira, tu ne vas pas tarder à plonger dans les bras de Morphée. Quelques instants plus tard, Biqueira se calma ; un rictus de bonheur se dessina sur ses lèvres, comme s'il rêvait tout éveillé. J'ai demandé au docteur ce qui s'était passé, mais il n'a même pas pris la peine de me répondre. C'est un type extrêmement prétentieux. Il ne daigna même pas m'adresser la parole. Je l'entendis expliquer aux autres que Biqueira souffrait de la douleur fantôme.

Vous avez autre chose à ajouter ? demanda le directeur en fronçant les sourcils.

Cette histoire s'est répétée, Monsieur. Je me suis aperçu qu'il subtilisait de la morphine dans l'armoire blindée du docteur Soláns.

On ne m'a jamais dit que cette armoire avait été forcée.

Herbal trouva que la réponse du directeur était d'une rare naïveté. Il répondit : Monsieur, dans cette prison, il y a au moins une dizaine de vauriens capables d'ouvrir cette armoire en un tournemain, rien qu'avec un cure-dent. Et dites-vous bien qu'ils obéissent plus au docteur Da Barca qu'à vous ou à moi. Puis il posa très délicatement sur la table un paquet enveloppé dans du papier kraft. Voilà des ampoules qui ont déjà servi, Monsieur, je les ai moi-même ramassées dans la poubelle de l'infirmerie. Je me suis déjà assuré qu'elles contenaient de la morphine.

Le directeur examina attentivement ce justicier improvisé qui venait de pénétrer dans son bureau comme s'il s'était tout à coup aperçu qu'il était à ses ordres. Il eut l'impression d'avoir devant lui un chien avec des boîtes de conserve attachées à sa queue, et qui faisait un vacarme ahurissant.

Le docteur Soláns ne s'est jamais plaint.

Il doit avoir ses raisons, dit Herbal en soutenant le regard de son directeur.

Je prends note de votre professionnalisme. Et le directeur se leva. Pour lui, l'entretien était terminé. Je prends l'affaire en main.

Herbal surveilla de près les événements qui suivirent. Le docteur Da Barca subit une période de punition, un régime particulier : il fut mis au cachot à cause de la radio qu'on lui avait confisquée. Le docteur Soláns prit un long congé. Et en ce qui concerne le garde civil, il reçut un arrêté de promotion au grade de caporal.

Il se sentait de plus en plus mal. Il déchargeait sa colère sur les prisonniers et il se fit peu à peu tout spécialement détester. Il faisait volontairement des méchancetés. Un jour, il dit à Ventura, un jeune garçon qui était pêcheur :

Cet après-midi, viens me voir à la tour de surveillance. Je te laisserai regarder dans la cour des femmes. Il y a une petite pute qui vient d'arriver et elle a des nichons comme des fromages d'Arzúa. Si tu l'appelles, elle te montrera tout. Mais vous savez bien qu'on n'a pas le droit de grimper là-haut, répliqua le prisonnier. Je ferais comme si je n'avais rien vu, répondit Herbal.

Lorsque le coup d'État militaire eut lieu, dans la baie de La Corogne, Ventura souffla pendant plusieurs jours et plusieurs nuits dans une corne de brume, confectionnée avec une énorme coquille d'escargot de mer. Puis un coup de feu finit par le faire taire. La balle avait traversé son avant-bras comme si l'on avait visé le tatouage qui s'y trouvait et représentait une plantureuse sirène, aujourd'hui complètement déformée par la cicatrice.

À l'heure convenue, Ventura grimpa jusqu'à la tour. Il n'y avait qu'une fillette dans la cour, elle était accroupie contre un mur. Le jeune garçon la siffla et lui fit des signes avec les bras. La fille se redressa avec d'énormes difficultés et se dirigea maladroitement vers le milieu de la cour comme si elle marchait sur des échasses. Elle avait un manteau beige et râpé avec un col en fourrure et des ballerines bleues aux pieds. Elle leva les yeux et Ventura pensa qu'elle avait le plus triste regard qu'il ait jamais vu. Elle était blonde, son visage était creusé et des cernes profonds et marrons accentuaient la ligne courbe, sous ses yeux. Tout d'un coup, elle ouvrit son manteau. Elle était complètement nue en dessous. Elle l'ouvrit et le referma comme les rideaux d'un castelet dans une fête foraine. La fille avait des seins tout maigres, du poil sur la poitrine et un pénis. Qu'est-ce que tu fais ici, demanda Herbal, tu ne sais pas que c'est interdit ?

Tu es un vrai salopard.

Ah, ah, ah !

Tous les jours, il allait devant le cachot où se trouvait le docteur Da Barca et il crachait par le petit regard découpé dans la porte. Une nuit, il se réveilla, il s'étouffait. Son cœur s'affolait dans le coffre de poitrine. Il était tellement angoissé que celui qui était de garde cette nuit-là le conduisit dans la cellule d'isolement où dormait Da Barca. Herbal s'appuya, haletant, contre la porte et il faillit demander de l'aide au docteur. Mais, finalement, il ressortit pour prendre le frais dans la cour et il recommença à respirer profondément.

C'est alors qu'il sentit le défunt qui s'installait sur son oreille. Il éprouva un immense soulagement.

C'est toi, enfin ? Où est-ce que tu étais passé, merde alors ? demanda-t-il en dissimulant sa joie. Tu as fini par retrouver ton fils ?

Non, je ne l'ai pas retrouvé. Mais j'ai entendu ma famille dire qu'il était sauf.

Je te l'avais bien dit. Tu devrais me faire un peu plus confiance.

Tu crois ! s'exclama ironiquement le défunt.

Dis-moi, le peintre ? Je voulais te demander quelque chose. Tu sais ce qu'est la douleur fantôme ?

J'en ai entendu parler. Je crois que c'est Daniel Da Barca qui m'en a parlé alors qu'il avait entamé une recherche sur ce sujet à la Beneficencia. On dit que c'est la pire des douleurs. Une douleur qui est parfois insupportable. C'est la mémoire de la douleur. La douleur de ce que tu as perdu. Mais pourquoi me demandes-tu ça ?

Pour rien.

Pour rien du tout.

15

Marisa Mallo regarda l'araucaria et elle sentit à son tour le poids du regard de l'arbre. Majestueusement planté au centre de la propriété de son grand-père, il dominait la vallée et se détachait sur le ciel, tel un grand vitrail végétal.

Les chiens faisaient la fête à Marisa. Ils avaient reconnu son odeur et se la disputaient avec une joie sauvage. Sautant sans arrêt autour d'elle, ils escortaient orgueilleusement la visiteuse devenue pour eux une précieuse conquête. Marisa n'avait jamais eu la sensation d'être si intensément épiée par l'araucaria.

Tu ne vas pas me dire que tu reviens, belle jeune fille ? lui disait-il du haut de sa cime.

Au fur et à mesure qu'elle progressait vers le château, elle se sentait dévisagée par tous les arbres en fleur qui bordaient le chemin tapissé de petits cailloux blancs. On aurait dit que les camélias se donnaient des coups de coude et que les magnolias du Japon se murmuraient des choses à l'oreille.

D'une certaine manière, ce monde lui appartenait. Il fut jadis son terrain de jeux et elle en connaissait tous les recoins. Elle y avait fêté, pour obéir à une des singulières obsessions de son grand-père, sa présentation à la haute société. C'était une sorte de cérémonie exotique et traditionnelle que l'on avait l'habitude de pratiquer à Fronteira. À la seule évocation de ce souvenir, elle sourit avec une mélancolie plutôt ironique.

Elle se trouvait à côté de son grand-père, Benito Mallo, qui présidait sous la treille la très longue table du banquet. Une table si longue, dans la mémoire de Marisa, que le blanc de la nappe se confondait à l'autre extrémité avec les frondaisons du jardin. Assis à côté de sa petite-fille, à côté de cette jeune fille rousse dont les traits présageaient déjà la belle femme qu'elle était devenue aujourd'hui, Benito Mallo souriait fièrement. C'était la première fois qu'il réussissait à réunir ce qu'on appelle les forces vives de la région. Ils étaient tous là, loin de leur fief, ceux qui le méprisaient tant : la fine fleur des propriétaires terriens qui le remerciaient en souriant avec bienveillance. Il y avait l'évêque et les abbés, il y avait aussi le curé de la paroisse qui l'avait un jour traité de général en chef des pêcheurs, depuis le haut de sa chaire.

Il y avait les plus hautes autorités des gardes-frontières, ceux-là mêmes qui, alors qu'il n'était encore qu'un rien-du-tout plein d'audace, avaient une fois juré de le suspendre au pont par les pieds pour que les anguilles lui dévorent les yeux. Mais la réalité s'était quelque peu déplacée. C'était toujours la même bien sûr. C'était toujours les mêmes valeurs, les mêmes lois, le même Dieu. Mais ce qui s'était passé, c'est qu'en traversant la frontière, Benito Mallo était devenu un homme riche, et cela grâce à la contrebande. On ne parlait que du trafic du café, de l'huile et de la morue. Mais l'imagination populaire en savait bien davantage et évoquait des tonnes de cuivre tendues sur une ligne électrique aboutissant à une manivelle qui tournait jour et nuit, des bijoux qui passaient dans le ventre des troupeaux, des tissus en soie que de fausses femmes enceintes cachaient dans leur gros ventre, et même des armes en train de rendre les honneurs à des morts au fond de leur cercueil.

Benito Mallo avait atteint le niveau de richesse à partir duquel les gens cessent de demander comment on s'y est pris. Il s'était créé une légende de paysan portant des costumes taillés à La Corogne. De paysan ayant fait l'acquisition d'une Ford avec des sièges en cuir où les poules faisaient leur nid. De paysan possédant des robinets en or massif mais qui allait aux toilettes dans les champs et qui s'essuyait le derrière avec des feuilles de chou. Et de paysan payant ses maîtresses avec de faux billets de banque.

Mais les choses changèrent vraiment lorsque Benito Mallo acheta le château où se trouvait le grand araucaria. Une règle non écrite voulait que celui qui possèderait l'araucaria posséderait aussi la mairie. Et un avocat, en qui Benito Mallo avait toute confiance, fut nommé maire, à l'époque de la dictature de Primo de Rivera. Mais il ne cessa pas pour autant de gouverner le royaume invisible de la frontière. Il vivait différemment le jour et la nuit. Le jour, il marchait d'un pas assuré sur les épais tapis des salons bourgeois et remettait à leur place les fonctionnaires et les juges les plus arrogants. Mais, la nuit, on pouvait parfois l'apercevoir sur un quai de déchargement construit sur les berges du Miño, coiffé de son fameux chapeau à larges bords, en train de parader et de dire à qui voulait bien l'entendre : Et oui me voilà, c'est moi le roi de la rivière. Puis, plus tard dans la nuit, on le retrouvait en train de cracher par terre dans une taverne et de fêter le déchargement. Le mois dernier, j'étais à New York. Je me suis acheté ce costume et une station-service dans la Quarante-Deuxième Rue. Et ses employés savaient très bien que ce n'était pas une blague. C'est épatant, chef. Vous êtes pareil qu'Al

Capone. Ils riaient de tout ce qui le faisait rire. Il avait beaucoup d'humour mais il n'en abusait pas. Quand il se fâchait, on voyait le fond de ses yeux. C'était comme les flammes d'un four. Je crois que cet Al Capone dont vous parlez était un bandit, pas moi. Bien sûr, don Benito, excusez-nous, c'était une blague.

Benito Mallo avait des problèmes avec la lecture. Je n'ai jamais été à l'école, expliquait-il. Et cet aveu d'ignorance sifflait entre ses lèvres à la manière d'un avertissement d'autant plus péremptoire que sa situation s'améliorait. Les seuls papiers qui avaient de la valeur, à ses yeux, c'étaient les actes de propriété. Il les lisait très lentement et à haute voix, en ânonnant — il n'avait pas honte de sa maladresse — comme si c'était les versets de la Bible. Et puis il signait en poignardant la feuille de papier.

Pour acheter le château de Fronteira, Benito Mallo avait dû vaincre les réticences des héritiers du domaine. Résidant à Madrid, ils n'y passaient que les vacances d'été et les fêtes de Noël. À cette occasion, ils faisaient une crèche vivante. Les enfants pauvres de la paroisse jouaient les personnages du porche sacré, sauf la Sainte Vierge et saint Joseph, qui étaient joués par les enfants de la famille. C'était eux qui, à la fin de la cérémonie, distribuaient les étrennes : du chocolat et des figues sèches. Une fois, Benito Mallo avait lui aussi joué le rôle du petit berger avec un gilet en peau de mouton et une panetière. Il tenait un agneau dans ses bras et devait le déposer en offrande devant la Sainte Vierge, saint Joseph et l'enfant Jésus. Celui qui se trouvait dans le berceau cette année-là, c'était le bébé d'une domestique. Il avait été conçu derrière un buisson, et les mauvaises langues de Fronteira disaient que son père était Luis Felipe, le propriétaire du château. Benito Mallo lui aussi était un fils illégitime, mais à l'époque il savait déjà très bien qui était son père : c'était un artificier trop intrépide, qui mourut poignardé dans un bal populaire. Bien des années plus tard, alors qu'il était jeune homme et qu'il n'allait pas tarder à devenir connu, Benito Mallo fit irruption à cheval au beau milieu de la fête des propriétaires. Il était ivre et il tira plusieurs coups de feu en l'air pour qu'on arrête de danser. Les gens se souvinrent longtemps du cri de colère et de mélancolie qu'il poussa avant de se perdre dans l'entonnoir de la nuit.

C'est dans une fête comme celle-là, qu'est mort mon père !

Dans son rôle de berger à la crèche du château, il devait interpréter un petit chant de Noël. La veille au soir, sa mère lui en avait appris un couplet. Il avait beaucoup ri pendant qu'elle le récitait. Après avoir déposé l'agneau aux pieds du berceau de l'enfant Jésus, Benito

Mallo s'avança de quelques pas vers son auditoire et il se mit à chanter le plus sérieusement du monde :

Déanos o aguinaldo,
anque sexa pouco :
un touciño enteiro
e metade doutro [1].

Au début, les propriétaires du château ainsi que leurs amis furent consternés, puis ils éclatèrent de rire. D'interminables éclats de rire. Benito Mallo s'aperçut que certains d'entre eux essuyaient même des larmes sur leur visage. Ils pleuraient de rire. Ses yeux à lui étaient brûlants. S'il avait fait nuit, ils auraient brillé comme les pupilles d'un chat sauvage.

Les intermédiaires que Benito Mallo envoyait à Madrid n'avaient pas beaucoup de succès. C'était donner des coups d'épée dans l'eau. Cette famille décadente posait toujours de nouvelles conditions lorsque l'affaire était sur le point d'être conclue. Un beau jour, Benito Mallo fit venir son chauffeur et lui demanda de se préparer à faire un long voyage. Avant de partir, ils chargèrent deux caisses de poisson fumé dans le coffre. J'ai apporté ça pour madame et mon-

1. Offrez-nous les étrennes, / même si c'est peu : / un porc tout entier / et la moitié d'un autre.

sieur, déclara-t-il, lorsqu'il se présenta à leur appartement madrilène. Dites-leur que je suis Benito Mallo. On le fit entrer au salon, et là, sans autre cérémonie, devant la famille au complet, il ouvrit la première caisse. Les billets de banque étaient soigneusement rangés en cercles concentriques comme si c'étaient de minces filets de harengs. Ils étaient appétissants. Regardez donc, comme ça brille et comme ça sent bon. Vous pouvez goûter si vous voulez. Allez-y ! mordez dedans. Savourez cet excellent poisson fumé. Non ! ce n'est pas ce que dit Benito Mallo ; il dit tout simplement : Vous pouvez les compter, prenez votre temps. Puis il examina sa montre de gousset. Je vais acheter un billet de loterie. Si vous êtes d'accord, vous pouvez dès à présent appeler votre notaire habituel. Mais lorsqu'il fut de retour, le propriétaire avait recouvré son sourire et son rictus narquois. Sa femme était muette, sa respiration était irrégulière. Les deux enfants, la fille et le garçon, entouraient leur père. Ils se tenaient si raides que leur cou ressemblait à celui d'une grue aux aguets. On aurait dit qu'on les avait offensés.

Alors, qu'en pensez-vous ?

Nous apprécions l'intérêt que vous nous portez, dit Luis Felipe, mais tout cela nous semble par trop précipité. Ce n'est pas seulement d'argent qu'il s'agit, monsieur Mallo. Vous savez bien que certaines choses n'ont pas de prix,

144

elles ont tout simplement une valeur sentimentale inestimable.

La bibliothèque, papa, précisa la fille.

Oui, c'est cela, la bibliothèque par exemple. Eh bien, c'est une bibliothèque extraordinaire. Une des meilleures bibliothèques de Galice. Elle a une valeur inestimable.

Je comprends tout à fait ce que vous voulez dire. Couto, lança Benito Mallo à son chauffeur, apportez donc une deuxième caisse de poisson.

Plusieurs années s'écoulèrent avant que Benito Mallo n'ait affaire à nouveau avec cette bibliothèque qui couvrait tout le mur du bureau, du salon et une bonne partie du long couloir du château. Il arrivait qu'un visiteur fît quelquefois un commentaire admiratif, après avoir feuilleté un des volumes anciens qui s'y trouvaient.

Vous avez là une vraie merveille, un véritable trésor.

Je sais, confirmait Benito Mallo, fier de lui. Sa valeur est inestimable.

Dans le fond du secrétaire qui lui servait de bureau il y avait une encyclopédie illustrée. Les volumes étaient imposants et rigoureusement semblables. On aurait dit qu'ils avaient été reliés dans du marbre et ils conféraient à la pièce la solennité d'un mausolée. Mais chaque fois qu'il se levait de sa chaise et contournait le secrétaire par la droite, le vieux contrebandier se retrouvait face à un rayonnage rempli de livres de toutes dimensions dont certains n'avaient même pas de reliure. Au-dessus de ce rayonnage, il y avait une épigraphe dont les lettres avaient été gravées dans le bois :

Poésie

Un jour il se leva et retourna s'asseoir. Il tenait dans ses mains un livre intitulé *Les cent meilleures poésies de la langue castillane* de don Marcelino Menéndez y Pelayo. Dès lors, il consacra chaque jour un moment de loisir à la lecture de ce livre. Parfois il le posait ouvert sur ses genoux et restait immobile, absorbé par le film que le ciel projetait dans la galerie de la pièce, ou alors il fermait les yeux et commençait à rêver tout éveillé. Il demanda aux domestiques que personne ne le dérange, et ils durent enrichir leur répertoire d'une nouvelle formule comme s'ils l'avaient utilisée de toute éternité : Monsieur est plongé dans ses livres.

Les manies du grand-père étaient sacrées et personne ne se souciait de cette passion subite, qu'on attribuait à l'âge et au délitement de son cerveau. Mais un jour il se leva, fit un grand pas en avant et, alors que toute la famille se trouvait dans la salle à manger, se mit à déclamer la première strophe des *Coplas de Jorge Manrique après la mort de son père*. L'effet qu'il produisit, l'émotion de grand-mère Leonor et le visage étonné de tout le monde lui révélèrent une dimension encore inconnue de lui, celle du triomphe humain. Cependant Benito Mallo avait un problème. Il avait un sens pratique très prononcé et cela le conduisait parfois à croire que ce qu'il pensait, y compris si c'était faux, faisait partie de l'ordre naturel des choses.

Le jour de la présentation de Marisa à la haute société, à la fin du banquet, Benito Mallo se leva et frappa sur les parois d'un verre avec sa petite cuillère comme si c'était une cloche, pour obtenir le silence. Il était resté toute la journée de la veille enfermé dans son bureau et on l'avait entendu parler tout seul et déclamer sur plusieurs tons. C'était un homme qui méprisait les discours. Pour lui, ce n'était que des mots que le vent emporte. Aujourd'hui, expliqua-t-il, je voudrais dire quelque chose qui jaillit de mon cœur comme l'eau sourd à la source de l'âme. Et quelle meilleure occasion que celle-ci, quelle meilleure occasion que cette cérémonie où nous fêtons tous ensemble, avec une certaine nostalgie bien sûr, le printemps de la vie, l'éclosion d'une fleur, le passage de l'innocence à la douceur des flèches de Cupidon.

On entendit quelques raclements de gorge et Benito Mallo les fit immédiatement cesser en lançant, du coin de l'œil, un regard sévère autour de lui.

Je sais que beaucoup d'entre vous seront étonnés par les mots que je vais dire, je sais que je ne suis pas à l'abri des moqueries que provoquent aujourd'hui les sentiments vraiment sentimentaux. Cependant, mes amis, vient le moment où l'homme doit faire une halte dans sa vie et tirer le bilan de son existence.

Comme si le langage et les yeux progressaient sur des sentiers divergents pour enfin converger en un même point, son regard et sa voix se durcirent. Moi, je n'y vais pas par quatre chemins, mes amis. Manger ou être mangé. Telle est la question. J'ai toujours défendu ce principe et je suis fier de pouvoir aujourd'hui modestement affirmer que je lèguerai à ma famille une fortune beaucoup plus importante que celle que mon malheureux destin m'octroya à ma naissance. Mais l'homme ne vit pas que de pain. Il lui faut également cultiver son esprit.

Je vais donc vous parler de culture.

Tandis que Benito Mallo discourait, son regard implacable décrivait un arc de cercle panoramique qui se posait un instant sur chaque convive, transformant ainsi les mimiques les plus ironiques et les plus moqueuses en une déférence attentive.

Je vais vous parler de culture, oui, Messieurs !

Et au sein de la culture, du plus sublime des arts. De la poésie.

Avec discrétion et humilité, j'ai consacré ces derniers temps une partie de mes plus secrètes heures de veille à la poésie. J'ai ensemencé des terres en jachère. Je sais bien que nous avons tous, plus ou moins, un esprit animal, certains plus que d'autres, d'ailleurs. Mais l'homme mûr peut s'émouvoir lorsqu'il perçoit la mélodie de son âme, tout comme un enfant écoutant dans le grenier une boîte à musique oubliée.

L'orateur sirota une gorgée d'eau, il était visiblement satisfait d'avoir exposé en public la métaphore de l'animal et de l'enfant qu'il avait cherchée toute la nuit. Par ailleurs, les convives avaient opté pour un silence d'outre-tombe, car ils avaient été intimidés par les regards acérés de Benito Mallo. Ils étaient maintenant intrigués et curieux de savoir enfin si cette bouche distillait un discours sarcastique ou tout simplement un délire de malade mental.

Si je me suis embarrassé de tous ces prolégomènes, c'est parce que je voulais éviter de vous prendre par surprise. J'ai eu beaucoup de mal à faire ce premier pas, mais je me suis dit que cette occasion méritait bien une telle audace. Voilà le résultat de ma démarche. Je soumets donc mes poèmes à votre bienveillance, tout en étant parfaitement conscient que l'enthousiasme du débutant ne saurait suppléer le manque de métier.

D'abord un poème que j'ai composé en l'honneur de nos aînés ainsi que de nos ancêtres.

Benito Mallo était ému, il eut un instant d'hésitation, mais il recouvra rapidement son arrogance naturelle et commença donc à déclamer avec le brio d'un poète :

> *Nuestras vidas son los ríos*
> *que van a dar a la mar,*
> *que es el morir* *[1]...*

Ha, bon ! ce n'était qu'une plaisanterie, se dirent quelques personnes. Et elles commencèrent à applaudir les vers de Jorge Manrique en éclatant de rire. Mais leur complicité tomba comme un cheveu sur la soupe. Benito Mallo fusilla l'assistance du regard et tout le monde se ratatina sur lui-même en attendant qu'il ait fini de réciter le dernier vers.

Et maintenant, annonça-t-il en imitant la voix inquiétante de l'empereur Néron, voici une composition qui m'a donné beaucoup de fil à retordre. Il ne m'a pas fallu moins d'un après-midi pour l'écrire, parce que le premier quatrain a résisté comme si c'était un pur diamant.

1. Nos vies sont les rivières / qui se jettent dans la mer, / qui est la mort...

Un soneto me manda hacer Violante
en mi vida me he visto en tal aprieto *[1]...*

Plus personne n'osa le moindre sourire. Même pas en l'honneur de Lope de Vega. On entendit seulement quelques murmures qu'il fit cesser d'un seul coup d'œil. À la fin, tout le monde applaudit, et pas de n'importe quelle manière, avec une attitude martiale digne de n'importe quel concert officiel.

Et pour terminer, voici un poème que je dédie à la jeunesse. Et tout particulièrement à ma petite-fille Marisa, grâce à qui l'occasion nous a été donnée de nous réunir en ce jour. Que ne donnerions-nous pas pour redevenir jeunes, n'est-ce pas ? Parfois nous les réprimandons parce qu'ils refusent de nous obéir mais quoi de plus normal à leur âge, ils ont l'esprit romantique. En pensant à vous, mais surtout aux plus jeunes d'entre vous, j'ai imaginé un personnage qui incarnerait la liberté et c'est ce chant de pirate qui est venu sous ma plume.

Con diez cañones por banda,
viento en popa a toda vela,

1. Un sonnet m'a demandé de composer Violante / de toute ma vie je ne me suis vu aussi embarrassé...

no corta el mar sino vuela
un velero bergatín *[1]...*

Il y eut une véritable ovation, mêlée de vivats
à don Benito, poète. Maintenant il se fichait de
savoir si on se moquait encore de lui. Il porta
un toast à l'avenir et avala cul sec un grand
verre de cognac. Puis il lança : Et maintenant,
que la fête commence ! Il s'enferma ensuite dans
le château et personne ne le revit de tout le
reste de la journée.

Le soir venu, quelque peu troublée, Marisa
voulut lui demander des explications, mais il
n'était pas vraiment dans son assiette. Il s'était
saoulé tout seul. Une bouteille vide de liqueur
aux plantes était encore posée sur la table. Il ne
restait plus qu'un dépôt sirupeux au fond du
verre et dans sa voix.

Est-ce que tu as vu ça, ma fille ? Est-ce que tu
vois ce que signifie le pouvoir !

Quand la République fut proclamée, il devint
républicain. Mais cela ne dura que quelques
mois. Bientôt c'est le contrebandier, le banquier
et le conspirateur Juan March, connu à l'époque
sous le surnom de Dernier Pirate de la Méditer-
ranée, qui devint son héros préféré. Il racontait

1. Avec une dizaine de canons sur chaque bord, / le
vent en poupe et toutes voiles dehors / elle ne fend pas la
mer, elle s'envole / cette goélette brigantine...

à son sujet une anecdote qui lui semblait être une des plus brillantes subtilités des temps modernes. Tout comme Benito Mallo, Juan March lisait et écrivait avec beaucoup de difficulté, mais, en ce qui concerne le calcul, ils étaient tous deux de vrais prodiges. Primo de Rivera lui-même était émerveillé par son habileté. Au cours d'une réunion, à laquelle étaient présents tous les ministres, il s'adressa à March et lui dit : Voyons, don Juan, combien font sept fois sept fois sept fois sept plus sept ? Et March répondit en cinq sec : Deux mille quatre cent huit, mon général. Alors le dictateur s'adressa au ministre des Finances et lui lança : Prenez-en de la graine, monsieur le ministre !

En 1933, Benito Mallo avait fait parvenir des fruits de mer à Juan March, dans cette prison d'où il réussit à s'enfuir en compagnie du directeur de la prison lui-même. Ils avaient tous les deux la même devise : *« Diners o dinars. »* De l'argent ou de la nourriture. Ils pensaient que tout pouvait s'acheter avec ces atouts-là.

Maintenant les chiens mordillaient les poignets de Marisa, avec une affection sauvage, comme s'ils avaient quelque chose à reprocher à la jeune femme. Elle salua chaleureusement le jardinier portugais.

Bonjour, Alírio ! Comment vas-tu ?

Enveloppé dans un nuage de cendres soulevé par un tas de feuilles en train de brûler, le jardinier leva son bras d'un geste lent et végétal. Puis, absorbé dans ses pensées, il retourna nourrir l'encensoir forestier. Elle n'ignorait pas la rumeur qui courait à Fronteira. On racontait qu'Alírio était le fils du dernier patron du grand-père, juste avant que celui-ci ne décide de partir sur les chemins et de gagner sa vie tout seul. On disait aussi que, plus tard, Benito Mallo n'avait eu de cesse que de prendre à son service un membre de la famille de ses anciens patrons. Pas vraiment par gratitude mais pour se mettre en conformité avec un étrange retournement de l'histoire. Les lois non écrites de Fronteira avaient décrété qu'il n'y avait pas pire meurtrissure que celle d'être domestique chez les gens qui vivaient de l'autre côté de la rivière. Quoi qu'il en soit, c'est tout de même Alírio qui avait l'air le plus libre dans cet univers muré de toutes parts. Il ne se mêlait pas aux autres gens de maison et sa silhouette se déplaçait dans la propriété comme l'ombre d'une horloge solaire. Lorsqu'elle était enfant, Marisa pensait que les saisons avaient été en partie créées par ce jardinier si silencieux qu'on aurait pu le croire muet. Il éteignait et allumait les couleurs du parc, comme s'il avait enterré une mèche reliant entre eux les bulbes, les arbres et les plantes. Le jaune cependant ne s'éteignait jamais. L'hiver soufflait les dernières lueurs dorées des rosiers de Chine, et voilà que,

154

dans cette ambiance funèbre, les citrons mûrissaient et les esprits se réveillaient à travers les milliers de petites boules des mimosas en fleur. Et tandis qu'éclosaient les étincelles jaunes des buissons sauvages et des genêts dans la montagne, les pousses de forsythias commençaient à prendre. Puis les premières fleurs de lys et les narcisses sortaient déjà du sol, en attendant qu'éclate la splendide Pluie d'Or, avec le début du printemps. Alírio nourrissait cette merveilleuse illumination grâce à son briquet.

Lorsque Benito Mallo montrait à ses visiteurs de marque la magnifique flore de son château, où les variétés de camélias se détachaient comme des blasons, Alírio les suivait en restant légèrement en retrait, les mains croisées dans son dos, comme si c'était le gardien des clés de cette cathédrale. Lorsque celui-ci le lui demandait, il soufflait à son maître les noms des espèces et il corrigeait ses inévitables erreurs avec beaucoup de tact.

Alírio, combien d'années penses-tu que doit avoir ce bougainvillier ?

Cette glycine, Monsieur, doit avoir l'âge de la maison.

Marisa était émerveillée par le diagnostic sentimental que faisait Alírio pour résumer l'état des arbres. Il se livrait à cet exercice au moment où on s'y attendait le moins, on aurait dit qu'il composait tout à coup une ordonnance dans l'air. Ces feuilles sont extrêmement pâles ! Le citronnier est bien mélancolique en ce moment. Le rhododendron est plutôt sympathique. Le châtaignier respire bien difficilement. Ce châtaignier fut jadis la cachette secrète de Marisa. Un trou, grand comme une cabine de bateau, s'était formé dans le tronc centenaire, il y avait aussi une sorte d'œil-de-bœuf à travers lequel on pouvait tout surveiller sans être vu. Marisa et le châtaignier partageaient tous leurs secrets. Celui du chauffeur et de tante Engracia, par exemple. Mais chut !

Lorsqu'elle raconta à Da Barca ce qu'Alírio avait dit à propos du châtaignier, le médecin n'en crut pas ses oreilles. Ce jardinier est un vrai professeur d'université ! C'est un savant ! Et puis son fiancé lui expliqua d'un air pensif : Les arbres sont ses fenêtres. Ton jardinier te parle de lui.

Maintenant Alírio était enveloppé dans un épais brouillard de cendres.

Soudain le grand-père fait son apparition sur le perron pour la recevoir. Ses bras ballants sont raides et ses épaules affaissées. Les extrémités des manches de la veste lui cachent presque les mains ; on ne distingue que ses serres crispées sur le pommeau métallique de sa canne sculpté en forme de tête de molosse. Son regard de faucon n'a pas changé, c'est la marque caractéristique de Benito Mallo, mais il porte en lui cette animosité grâce à laquelle une tête lucide affronte la sclérose. Et c'est pour cette raison qu'il n'hésite pas à descendre l'escalier.

Voulez-vous que je vous aide ?

Je ne suis pas encore mort.

Et il lui dit qu'il vaudrait mieux parler tout en se promenant vers la roseraie, qu'il faut profiter du beau temps et que le soleil d'hiver lui permettra de combattre ce qu'il appelle son maudit rhumatisme.

Tu es très belle, s'exclama-t-il. Comme d'habitude.

Marisa se souvint de la dernière fois où ils s'étaient vus. Elle était en train de perdre tout son sang, après s'être ouvert les veines au fond de la baignoire. On avait été obligé d'enfoncer la porte. Il décida que ce drame n'avait jamais eu lieu.

Je viens vous demander un service, grand-père.

C'est parfait. C'est ma spécialité.

Voilà déjà un an et huit mois que la guerre est finie. On dit qu'il va y avoir de nouvelles remises de peines pour les fêtes de Noël.

Benito Mallo s'arrêta et respira profondément. Maintenant le soleil d'hiver scintillait sur l'imposant et majestueux vitrail de l'araucaria. Le châtaignier respire bien difficilement, se souvint Marisa, tout en cherchant du regard le feu que le jardinier avait allumé.

Je ne veux surtout pas te dire de mensonges, Marisa. J'ai fait tout ce que j'ai pu pour qu'on le tue. Et maintenant, le meilleur service que je puisse vous rendre à tous les deux, c'est justement de ne rien faire.

Vous pouvez faire beaucoup plus que vous ne le dites, grand-père.

Il se tourna vers elle et planta son regard dans le sien, mais sans lui lancer le moindre défi cette fois-ci, seulement avec la curiosité de quelqu'un qui découvrirait tout à coup le reflet d'un visage étranger dans l'eau de la rivière. Si l'on plonge les mains dans l'eau, le visage file entre les doigts, il devient insaisissable, puis le voilà qui se reconstruit un peu plus tard, telle une deuxième réalité.

Est-ce que tu es bien certaine que je peux faire beaucoup plus que je ne le dis ? Et toi, n'as-tu pas bien réussi à faire tout ce que tu voulais de moi.

Elle allait lui dire : Quand vous apercevrez-vous donc que ce qu'on appelle l'amour existe ? Puis lui rappeler, pour le provoquer, son délire de l'époque avec la poésie. En effet, l'aventure de son unique récital était restée gravée dans les anales de Fronteira comme une bouffonnerie ineffaçable. Benito Mallo avait offert les livres maudits à un gitan qui partait pour Coímbra et il les remplaça par les volumes du Code civil. Mais Marisa se tut et se contenta de dire : Grand-père, je vous assure que l'amour existe.

L'amour, grommela-t-il, comme si sa bouche était pleine de sable. Et puis il ajouta d'une voix rauque qui venait du fond de sa gorge : Je ne vais rien faire du tout. Mais toi, tu peux faire ce qui te plaira. Voilà, c'est le meilleur service que je puisse te rendre.

Marisa ne protesta pas, elle venait enfin d'obtenir ce qu'elle voulait. Selon les lois de Fronteira, il faut demander dix fois le prix que l'on désire pour avoir une chance de l'obtenir. Par ailleurs, la parole du grand-père engageait la famille tout entière, et d'abord ses parents qui, tout comme des moutons, étaient soumis à la moindre volonté de Benito Mallo. Elle venait tout simplement d'obtenir un sauf-conduit familial. Finies les stratégies, finis les prétendants qu'on destinait à Pénélope. *Mais toi, tu peux faire ce qui te plaira* : Eh bien, je vais me marier avec mon amour qui est en prison.

Grand-père, je vais me marier avec lui, annonça-t-elle.

Benito Mallo se tut. Il jeta un dernier regard vers le vitrail végétal de l'araucaria, puis s'en retourna en direction du château. Il avait décidé que la promenade était terminée.

On entendit quelqu'un siffler les chiens. Et Couto, le chauffeur, qui surveillait parfois le château, s'approcha discrètement de lui.

Excusez-moi, Monsieur. La femme du prisonnier de Rosal est là. Son mari s'est évadé, il est déjà à Lisbonne. Elle voudrait vous remercier.

Me remercier ? Elle n'a qu'à payer ce qui était convenu et ficher le camp !

Marisa savait parfaitement ce qui se passait. Le grand-père était du côté des vainqueurs. La répression à Fronteira avait été particulièrement cruelle. On avait trouvé un ossuaire de crânes criblés de balles. C'était trop pour son sens pratique. Et le grand-père avait un sens pratique.

Après-demain, dit-il en se tournant une nouvelle fois vers Marisa, après-demain un train doit partir de La Corogne. C'est un Convoi Spécial. Et *ton docteur* s'y trouvera.

16

L'horloge de la gare de La Corogne était toujours arrêtée à dix heures moins cinq. Le garçon qui vendait les journaux avait parfois l'impression que l'aiguille des minutes commençait à trembler légèrement pour s'élancer vers le haut, puis qu'elle renonçait à cause de son poids, comme une poule tentant de prendre son envol. Le garçon se disait que finalement c'était l'horloge qui avait raison et que cette panne persistante était une décision plutôt réaliste. Lui aussi aurait aimé ne pas parvenir à bouger, mais pas à dix heures moins cinq, non, quatre heures plus tôt, juste quand son père le réveillait dans la baraque qu'ils habitaient, à Eirís. Hiver comme été un nuage de brouillard enveloppait cet endroit, une épaisse humidité qui faisait de plus en plus rétrécir la maison en creusant le toit et en ouvrant de longues lézardes dans les murs. Le garçon était persuadé que, pendant la nuit, le nuage laissait glisser un de ses longs tentacules au fond de la cheminée et que celui-ci allait se coller au plafond à l'aide de ses grandes ventouses, qui laissaient des taches circulaires comme les cratères d'une planète grise. Voilà le paysage qu'il découvrait à son réveil. Le garçon devait ensuite traverser toute la ville jusqu'à Porta Real, où il récupérait les exemplaires de *La Voz de Galicia*. Parfois, l'hiver, il se mettait à courir pour ne plus avoir froid aux pieds. Son père lui avait taillé des semelles dans des pneus de voiture. Et lorsqu'il courait, l'enfant faisait *vroum ! vroum ! vroum !* pour se frayer un chemin dans l'épaisseur de la brume.

Tout le monde savait que l'express de Madrid arriverait avec beaucoup de retard. Le garçon se demandait d'ailleurs pourquoi on appelait cela du retard puisque le train arrivait systématiquement deux heures après l'horaire prévu. Mais c'était comme ça, ils étaient toujours là, les chauffeurs de taxi, les porteurs et le vieux Betún, en train de se plaindre : Il paraît qu'aujourd'hui il va être en retard. Mais, en fait, c'était eux qui s'acharnaient à commettre toujours la même erreur et n'étaient jamais là à l'heure pile. Si ces individus avaient accepté la réalité, il aurait pu dormir beaucoup plus longtemps et n'aurait pas été obligé de fendre le brouillard avec son fantastique klaxon.

Betún lui rétorqua :

Oui, d'accord, mais si un jour il lui prenait

l'idée d'arriver à l'heure, hein ? Ah, tu te crois très intelligent, toi ? Mais tu n'es qu'une tête de mule !

Lui, il aurait bien aimé vendre du tabac. Mais maintenant, c'est le vieux Betún qui faisait ça. Dans le temps, il avait été cireur de chaussures. Il vendait du tabac et n'importe quoi d'autre. Son manteau ressemblait à un grand magasin particulièrement bien fourni. C'est pour cette raison qu'il le portait aussi l'été. Le garçon, lui, ne vendait que des journaux. Aujourd'hui ce pourrait être une belle journée si quelques-uns de ces hommes qui marchaient les uns derrière les autres, en file indienne, voulaient bien lui en acheter. Grâce à eux et aux passagers de l'express, il épuiserait son stock et ainsi il ne serait plus obligé d'aller crier dans les rues. Il rentrerait tranquillement chez lui, les mains dans les poches et il se paierait même une bouteille de limonade.

Mais pas un de ces hommes qui marchaient en file indienne ne lui achèterait de journal aujourd'hui. Seul un type assez grand, qui portait un vieux costume sans cravate et une mallette de cuir complètement usée aux angles, s'arrêta un instant pour regarder le titre de la première page, en gros caractères : « Hitler et Franco se sont rencontrés aujourd'hui ». L'homme au costume sans cravate et à la mallette de cuir continua à lire, tout en s'éloignant, le chapeau résumant l'information avec une typographie accrocheuse : « Le Führer a eu aujourd'hui un entretien avec le Chef de l'État espagnol, le Généralissime Franco. Cet entretien, qui s'est déroulé sur la frontière franco-espagnole dans une ambiance de franche camaraderie, caractérise parfaitement les excellents rapports qui se sont noués entre nos deux nations. » Puisque la nouvelle semblait l'intéresser, si cet homme avait acheté le journal, il aurait pu trouver dans les pages intérieures, un commentaire de l'agence officielle *Efe*, où l'on expliquait que « le personnage inégalable et souverain que représente notre Caudillo a ratifié, devant l'Europe et devant le monde, grâce à sa rencontre historique avec le Führer, la volonté impériale de notre Patrie ». Mais l'homme ne pouvait pas ouvrir le journal pour la bonne et simple raison qu'il faisait partie de la file indienne. D'ailleurs c'était presque le dernier du rang et il avait juste derrière lui un garde civil avec son tricorne et sa capote, armé d'un fusil, qui ne s'arrêta pas non plus devant le garçon qui vendait des journaux mais poursuivit son chemin en marchant au pas.

Aucun départ de train n'était prévu à cette heure-là mais, ce matin, un convoi était stationné sur l'une des voies principales. C'était un convoi de wagons de marchandises et de wagons à bestiaux en bois. Les hommes avancèrent sur le quai et ils posèrent à leurs pieds les petits baluchons de linge qu'ils avaient emportés avec eux. Un garde civil fit l'appel à haute voix en les appelant par leur numéro. Le garçon se dit que si on devait l'appeler par un numéro, il aimerait que ce soit le numéro 10, car c'était le numéro que portait Chacho sur son maillot, c'était son footballeur préféré, celui qui disait : « Il faut passer la balle comme si elle était attachée à un fil ! » Mais un autre garde civil arriva et fit l'appel à son tour. Puis un des contrôleurs de la gare se présenta et se mit, lui aussi, à les appeler par leur numéro, mais beaucoup plus rapidement que les autres, comme s'il faisait un concours avec les gardes civils. Peut-être leur en manquait-il un, se demanda le garçon, et il regarda autour et sous les wagons. Mais il ne vit que le vieux Betún qui lui expliqua :

Ce sont des prisonniers, tête de mule. Des prisonniers malades. Des tuberculeux.

Puis il cracha par terre et écrasa sa salive comme si c'était un insecte répugnant.

Depuis l'endroit où il se trouvait, juste devant la porte principale, exactement en face des guichets, le garçon qui vendait des journaux pouvait voir tous les gens qui entraient dans la gare. Par conséquent, il est normal qu'il ait tout de suite vu les deux femmes, à leur descente de taxi. L'une d'entre elles était âgée, mais pas vraiment vieille, et l'autre était plus jeune. Elles étaient habillées pareil, comme si elles avaient les mêmes vêtements et partageaient le même rouge à lèvres. Parfait, se dit le garçon qui vendait des journaux, ces deux-là ont tout à fait l'air de personnes qui lisent le journal. Il arrivait à deviner qui achetait ou qui n'achetait pas le journal, rien qu'à les voir, même si bien entendu il se trompait de temps en temps et même si quelquefois il avait eu de grosses surprises. Par exemple, il lui était arrivé de vendre le journal à un aveugle. Mais en plus des voyageurs, il avait également une clientèle d'habitués, une clientèle très particulière, des marchands ambulants comme lui : la marchande de fleurs aux pieds nus, la marchande de poisson et le marchand de marrons chauds. Les journalistes ne savent certainement pas tout ce que l'on peut faire avec un journal. Par exemple, le marchand de marrons chauds fabriquait de petits cornets aussi réguliers et parfaits que les arums que vendait la marchande de fleurs aux pieds nus.

Ces deux demoiselles au visage extrêmement bien soigné, se dit maintenant le garçon qui vendait des journaux, vont m'acheter un journal. C'est certain. Mais il se trompait. C'était un peu par sa faute d'ailleurs, car la plus jeune se tourna d'abord vers lui lorsqu'il l'appela et elle fixa même longuement la première page avec la photographie du Führer et de Franco. Mais ensuite elle tourna son regard vers le quai et il lui expliqua :

Ce sont des prisonniers, Mademoiselle. Des prisonniers malades. Des tuberculeux.

Il faillit cracher par terre, comme l'avait fait le vieux Betún, il ne le fit pas parce qu'il ne la connaissait pas, mais aussi parce que la femme le regarda avec des yeux tout d'un coup très humides, comme si des grains de sable s'étaient glissés sous ses paupières, puis, mue par un ressort, elle bondit en direction du quai. Ses chaussures à talons hauts crépitèrent dans le hall de la gare, on aurait dit que le bruit avait réussi à réveiller l'aiguille des minutes.

Le garçon qui vendait des journaux vit que la jeune femme parcourait anxieusement le rang des prisonniers, sans regarder les numéros, et qu'elle se jeta dans les bras de l'homme au vieux costume et sans cravate. Maintenant tout s'était à nouveau immobilisé dans cette gare, mais tout semblait beaucoup plus immobile que d'habitude, car, lorsque la frénésie des départs et des arrivées était passée, la gare recouvrait l'allure d'une ruelle en cul-de-sac. On aurait dit que le temps s'était suspendu, surtout pour le cadran de l'horloge, mais pas pour le couple qui s'embrassait. Puis un lieutenant, qui était resté dans un premier temps statufié, sortit de sa torpeur et se dirigea vers eux pour les séparer comme l'aurait fait un émondeur s'attaquant aux rameaux d'une plante.

Un garde civil arriva enfin pour compter les prisonniers, il le fit très lentement, comme s'il se fichait qu'on puisse se dire qu'il ne savait pas compter. Et, tout en comptant, il pointait un gros crayon rouge sur les prisonniers.

Un crayon pareil à celui qu'utilisait mon grand-père, pensa le garçon qui vendait des journaux. Un crayon de charpentier.

17

Ils s'embrassèrent en pleine gare, raconta Herbal à María da Visitação. Personne ne bougea parmi nous. On ne savait pas très bien quoi faire. Puis le lieutenant s'approcha d'eux pour les séparer. Il les écarta l'un de l'autre comme l'aurait fait un émondeur s'attaquant aux rameaux d'une plante.

Je les avais déjà vus comme ça un jour et on aurait dit que personne ne parviendrait jamais à les décoller.

C'est d'ailleurs cette fois-là que je me suis aperçu qu'ils étaient amoureux. Je ne les avais jamais vus ensemble auparavant, et je n'aurais jamais pu me douter que Marisa Mallo et Daniel Da Barca pourraient un jour se marier. Ça, c'était une chose possible dans un roman, mais ça ne faisait absolument pas partie des mœurs de l'époque. C'était comme si on avait mis de la poudre à canon dans un encensoir.

Je les avais croisés par hasard, alors qu'ils se

promenaient un soir dans la Roseraie de Saint-Jacques-de-Compostelle et j'avais décidé de les suivre. C'était vers la fin de l'automne. Leur conversation était très vivante. Ils n'étaient pas enlacés, mais ils se serraient l'un contre l'autre lorsque les rafales de vent soulevaient les tas de feuilles mortes. Dans l'Alameda, ils se firent prendre une photographie, une de ces photographies que l'on encadre dans un petit cœur. Le photographe avait posé un seau d'eau près de lui, dans lequel il lavait ses tirages. Il commença à pleuvoir et tout le monde courut se réfugier dans le kiosque à musique. Moi, je courus m'abriter dans les toilettes publiques qui se trouvaient tout près de là. J'imaginais qu'ils étaient en train de rire et de se serrer l'un contre l'autre, en attendant que le vent ait fini de sécher leur photographie. Puis lorsque la pluie cessa, il faisait déjà nuit. Je les suivis à nouveau le long des ruelles de la vieille ville. La promenade n'en finissait plus, ils ne s'enlaçaient pas et ne se faisaient pas la moindre caresse : je commençais à en avoir par-dessus la tête. Et, qui plus est, il se mit une nouvelle fois à pleuvoir. Cette pluie de Saint-Jacques-de-Compostelle qui te pénètre dans les bronches et te donne l'impression d'être devenu un amphibien. Même les chevaux de pierre crachent de l'eau par la bouche.

Et qu'est-ce qui s'est passé ensuite ? demanda

fébrilement Maria da Visitação, qui se fichait pas mal des chevaux de pierre qui crachent de l'eau par la bouche.

Malgré la pluie, ils s'arrêtèrent en plein milieu de la Quintana dos Mortos. Ils devaient être complètement trempés, parce que, moi, je dégoulinais de partout et pourtant je m'abritais en courant de porche en porche. Je me suis dit qu'ils étaient fous et qu'ils allaient attraper une pneumonie. Ah, quel putain de docteur ! Et c'est alors que se produisit l'épisode de la Berenguela.

Qui c'est ça, la Berenguela ?

C'est une cloche. La Berenguela, c'est une des cloches de la cathédrale, qui surplombe la Quintana. Au premier coup de battant, ils se jetèrent dans les bras l'un de l'autre. Et on aurait dit qu'on ne pourrait jamais plus les décoller. Il était minuit. La Berenguela sonne si lentement les heures qu'elle a même la réputation de parfumer le vin dans les tonneaux. Moi, je me demande comment elle fait pour ne pas rendre folles toutes les autres horloges du monde.

Comment s'embrassaient-ils, Herbal ? demanda Maria da Visitação.

J'ai vu des hommes et des femmes se faire de tout, mais ces deux-là se buvaient l'un l'autre. Ils se léchaient l'eau avec les lèvres et avec la langue. Ils se l'aspiraient dans le creux des oreilles, au fond des orbites des yeux, puis sur la poitrine vers le haut du cou. Ils étaient tellement trempés qu'ils devaient certainement avoir l'impression d'être tout nus. Ils s'embrassaient comme l'auraient fait deux poissons.

Tout à coup, Herbal dessina deux traits parallèles avec le crayon sur la serviette en papier blanc. Puis perpendiculairement, d'autres traits parallèles, plus gros et plus courts. C'étaient les traverses de la voie ferrée.

Le train, le train perdu dans la neige.

Maria da Visitação observa le blanc des yeux d'Herbal. Un blanc jaunâtre, pareil à du lard fumé. Et sur ce fond jauni, son iris brillait comme une braise lorsqu'il demeurait en silence. S'il avait laissé pousser ses cheveux, peut-être seraient-ils déjà d'un blanc vénérable et non pas de ce gris noir qui caractérise les crânes rasés des militaires. C'était un homme d'un certain âge maintenant, presque vieux. Il était de constitution plutôt maigre et tout en nerfs comme du bois noueux et rougeâtre. Maria da Visitação commençait à s'intéresser à l'âge, car elle venait d'avoir vingt ans au mois d'octobre. Elle connaissait des gens âgés qui faisaient beaucoup plus jeunes grâce à une sorte de pacte radieux et insouciant qu'ils avaient dû passer avec le temps. Et d'autres personnes, c'était d'ailleurs le cas de Manila, la propriétaire des lieux, qui nourrissaient une relation presque pathétique avec leur

172

âge en tentant de déguiser les sillons creusés par les années. Mais leur obsession était vaine parce que le fard, les vêtements trop cintrés et l'excès de bijoux ne font qu'accentuer le contraste. Elle ne connaissait qu'une personne — c'était Herbal — qui demeurait définitivement jeune. On ne savait pas très bien s'il suffoquait parce qu'il voulait respirer ou parce que, au contraire, il ne voulait plus respirer. Sa colère contre l'interminable progression du temps se révélait aux moments les plus délicats de la nuit. Il suffisait alors qu'il pointe le fusil de son regard, depuis le bout du comptoir, sur le client le plus téméraire pour que celui-ci débourse immédiatement son argent sans rechigner.

Parfois, lorsque je me réveille en train de suffoquer, j'ai l'impression qu'on est encore là-bas, arrêtés en plein milieu d'une voie de chemin de fer enneigée dans la province de León. Et je vois un loup qui nous regarde, qui regarde le convoi, et moi je descends la vitre à moitié et je pointe mon fusil sur lui en prenant appui sur la glace. C'est alors que le peintre intervient : Mais qu'est-ce que tu fais ? Je lui réponds : Tu le vois bien, je vais tuer ce loup. N'abîme pas ma toile, me demande-t-il. J'ai eu énormément de mal à la peindre.

Le loup fait demi-tour et il nous abandonne sur notre voie de garage.

Encore un, Monsieur, cria un garde civil au lieutenant. Il est dans le wagon numéro neuf.

Le lieutenant se mit à jurer comme s'il était devant un ennemi invisible. S'agissant de morts, il n'aimait pas le chiffre trois. Mais un mort est un mort. C'était le deuxième et il irait tenir compagnie au premier. Il demeura impassible. Il savait cependant qu'à partir de deux, ça allait commencer à faire un tas de morts. Un véritable événement. Il était encore jeune et il se mit à maudire cette mission sans gloire. Commander un train oublié de tous, empli de détresse et de tuberculose, et, qui plus est, immobilisé par la mitraille folle et désordonnée de la nature. Un haillon arraché à la guerre. Il chassa de sa tête une hypothèse terrifiante : Je ne veux pas arriver à Madrid avec un convoi funéraire derrière moi.

Déjà trois morts. Mais qu'est-ce qui est en train de se passer, putain de merde ?

Ils s'étouffent avec leur sang, Monsieur. Ils ont une quinte de toux et c'est leur propre sang qui les étouffe.

Il le foudroya du regard : Je sais parfaitement comment ça se passe. Inutile de me l'expliquer. Et le médecin ? Que fait donc le médecin ?

Il n'arrête pas, Monsieur. Il va d'un wagon à l'autre. Il m'a demandé de vous dire qu'il fallait vider le dernier wagon pour y mettre seulement les cadavres.

Eh bien, faites-le ! Lui et moi, dit-il en montrant Herbal du doigt, on va se rendre à pied jusqu'à cette putain de gare de merde. Et prévenez bien le machiniste qu'on va faire bouger ce train de là, à coups de fusil s'il le faut. Qu'il vienne aussi avec nous.

Le lieutenant regarda à l'extérieur avec inquiétude. D'un côté, on voyait la plaine blanche comme le néant et de l'autre une archéologie gelée de convois immobilisés et de baraquements formant un panthéon de squelettes ferroviaires.

Cette image est encore pire que la guerre !

On avait rassemblé dans ce train tous les tuberculeux des prisons du nord de la Galice dont la maladie était déjà bien avancée. Avec l'état de misère de l'après-guerre, la tuberculose se répandait comme la peste et s'aggravait rapidement à cause de l'humidité venue de la côte atlantique. La destination finale était un sanatorium pénitentiaire qui se trouvait dans les montagnes de Valence. Mais, pour l'atteindre, il fallait d'abord passer par Madrid. Et, à cette époque-là, un train de voyageurs pouvait facilement mettre dix-huit heures pour se rendre de La Corogne à la gare du Nord, dans la capitale.

Notre train était un Convoi Spécial, expliqua Herbal à Maria da Visitação. Et c'est sûr qu'il était vraiment spécial !

Quand les prisonniers prirent place dans les

175

wagons, la plupart avait déjà avalé leur ration alimentaire : une boîte de sardines. On leur avait donné une couverture pour se protéger du froid. La neige fit son apparition sur les hauteurs de Betanzos et elle ne nous lâcha plus jusqu'à Madrid. Le Convoi Spécial mit facilement sept heures pour atteindre Monforte, l'aiguillage permettant de relier la Galice à la Castille. Mais le pire était à venir. Il fallait ensuite franchir les montagnes de Zamora et de León. Lorsque le train s'arrêta à Monforte, il faisait déjà nuit. Les prisonniers grelottaient de froid et de fièvre.

Moi aussi j'étais gelé, raconta Herbal. Nous autres, les gardes civils, on était installés dans un wagon de voyageurs qui avait des sièges et des vitres, juste derrière la locomotive : une machine à vapeur qui traînait péniblement ses wagons, comme si elle avait également la tuberculose.

Oui, bien sûr que j'étais volontaire. Je suis allé m'inscrire dès que j'ai su que ce train allait emmener les tuberculeux dans un sanatorium du Levant. J'étais persuadé d'avoir la même maladie qu'eux mais j'essayais tout le temps de le cacher, j'évitais les contrôles médicaux, et ça ce n'était pas bien difficile. Je craignais de me faire réformer, de ramasser une solde misérable et puis de me retrouver sur la touche. Je ne voulais pas retourner au village de mes parents, ni dans la maison de ma sœur d'ailleurs. La dernière fois que j'avais parlé à mon père, c'était à mon retour des Asturies. On s'était beaucoup disputés. J'avais refusé de travailler en lui disant que j'étais en permission et que c'était une vraie brute. Alors mon père me répondit, avec un calme que je ne lui avais jamais connu : Moi, au moins, je n'ai tué personne ! Quand j'étais jeune et qu'on a voulu me recruter pour aller au Maroc, je suis allé me cacher dans la montagne. Je suis peut-être une brute, mais moi, au moins, je n'ai tué personne ! On verra si tu peux dire la même chose, à mon âge ! C'est la dernière fois que j'ai parlé à mon père.

Lorsqu'il y eut cette histoire du train de tuberculeux, je suis allé trouver une nouvelle fois le sergent Landesa, qui à l'époque était déjà monté en grade. J'ai encore besoin que vous me rendiez un service, Monsieur. Donnez-moi un coup de pouce pour rester là-bas, parmi les gardes civils du sanatorium. J'ai besoin de changer d'air. Et puis le docteur est du voyage, vous vous souvenez du docteur Da Barca ? Je crois qu'il est toujours en contact avec les résistants. Bien entendu, je continuerai à vous transmettre des renseignements.

Le lieutenant, Herbal et le machiniste atteignent enfin la gare de León. Leurs bottes sont couvertes de neige. Ils les secouent sur le quai. Le lieutenant est furieux. Il veut avoir une discussion avec le chef de gare pour lui remettre les pendules à l'heure. Mais c'est un commandant qui sort du bureau. Surpris, le lieutenant attend quelques minutes avant de se mettre au garde-à-vous. Avant de parler, le commandant le regarde froidement, il attend qu'il respecte les conventions hiérarchiques. Le lieutenant fait claquer les talons de ses bottes, se met au garde-à-vous et salue avec une précision mécanique. À vos ordres, mon commandant. Il fait très froid, mais son front est couvert de sueur. Je commande le Convoi Spécial et...

Le Convoi Spécial ? Mais de quel convoi parlez-vous donc, lieutenant ?

La voix du lieutenant se met à chevroter. Il ne sait plus par quel bout commencer.

Le train, le train des tuberculeux, Monsieur. Il y a déjà trois morts.

Le train des tuberculeux ? Trois morts ? Mais de quoi parlez-vous, lieutenant ?

Le machiniste tente de prendre la parole : Est-ce que je peux vous expliquer, Monsieur ? Mais le commandant le fait taire d'un geste péremptoire.

Monsieur, voilà déjà quarante-huit heures que nous sommes partis de La Corogne. Il s'agit d'un train spécial. Nous transportons des prisonniers, des prisonniers malades. Des tuberculeux. Nous devrions être déjà à Madrid. Mais il a dû y avoir une confusion. À l'aiguillage de León, nous avons été dirigés vers le Nord. Nous avons roulé pendant plusieurs heures, Monsieur. Et lorsque nous nous sommes aperçus de l'erreur, nous avons fait marche arrière. Mais cela n'a pas été facile, mon commandant. Nous avons été dirigés vers une voie de garage sous prétexte que d'autres trains spéciaux avaient la priorité sur nous.

En effet, d'autres trains ont la priorité sur vous, lieutenant. Mais vous devriez être au courant, répondit ironiquement le commandant. En ce moment, nous envoyons des renforts sur la côte du Nord-Ouest. Vous n'avez donc pas entendu parler de la Seconde Guerre mondiale, lieutenant ?

Il fit venir le chef de gare.

Vous avez des renseignements à propos d'un train qui transporterait des tuberculeux, vous ?

Un train avec des tuberculeux ? Il est déjà passé hier, Monsieur.

Oui, mais il a dû y avoir une confusion, commença à expliquer une nouvelle fois le lieutenant. Puis il s'aperçut que les yeux exorbités du commandant s'étaient soudain rivés sur les voies.

Une colonne d'hommes approchait. La neige rendait leur démarche hésitante et maladroite. Ils transportaient un prisonnier sur une civière. Le lieutenant devina ce qui était en train de se passer et son intuition ne tarda pas à se confirmer. Le maudit docteur marchait en tête de la colonne, escorté par deux gardes civils. Tandis qu'ils s'approchaient, le lieutenant Goyanes associa cette scène extrêmement lente à d'autres images très récentes. Les images de l'étreinte qui eut lieu dans la gare, et qu'il dut défaire avec les tenailles de ses mains, tout en se sentant troublé par cet interminable baiser diluant les ciments de la réalité à la manière d'un séisme. Les images de la conversation qui s'ensuivit dans le train et qui fut une tentative de rapprochement plutôt maladroite. Il avait essayé de se justifier en faisant de l'humour et sans que cela ne ressemble toutefois à des excuses :

Il fallait bien que quelqu'un vous sépare. Si cela n'avait tenu qu'à vous, nous y serions encore, à l'heure qu'il est. Ah, ah, ah ! C'était votre femme ? Vous avez vraiment beaucoup de chance.

Il s'aperçut que tout ce qu'il disait était à double sens et que cela ne pouvait que vexer le docteur Da Barca. Celui-ci ne répondit pas, on aurait dit qu'il n'entendait que les grincements du train qui l'éloignaient de sa récente et douce étreinte avec sa fiancée. Le lieutenant lui avait donné l'ordre de prendre place dans son wagon. Finalement le docteur aussi était responsable de cette expédition. Et puis ils avaient certainement pas mal de choses à se dire.

Une fois passé le grand tunnel qui effaçait l'horizon de la ville, le train pénétra dans l'aquarelle verte et bleue de la ria du Burgo. Le docteur Da Barca battit plusieurs fois des paupières comme si cette extraordinaire beauté lui faisait mal aux yeux. Debout sur leurs barques, les pêcheurs labouraient le sable avec de longs râteaux. L'un d'eux cessa de pêcher et, dressé sur le balancement de la mer, se mit la main en visière pour regarder en direction du train. Le docteur Da Barca pensa à son ami le peintre. Il aimait peindre des scènes de travail dans les champs et sur la mer, mais pas dans un style folklorique qui s'efforcerait de les embellir et d'en faire des gravures bucoliques. Sur les toiles de son ami le peintre, les personnages étaient semblables à la terre et à la mer. Leurs visages avaient été labourés par la même charrue qui avait creusé les sillons dans la terre. Les pêcheurs avaient été pris dans les mêmes filets que ceux qui avaient capturé les poissons. Puis, un peu plus tard, il commença à fragmenter les corps. Les bras devinrent des faux. Les yeux devinrent la mer. Les pierres, le visage. Le docteur Da Barca ressentit de la sympathie pour ce pêcheur dressé sur sa barque qui regardait le train. Peut-être se demandait-il où allait ce convoi ferroviaire et ce qu'il transportait. La distance et le vacarme de la locomotive devaient certainement l'empêcher d'entendre l'effroyable concert de toux qui résonnait dans les sordides wagons à bestiaux : un orchestre de tambours en cuir, gorgés de sang. Le paysage lui suggéra une fable : les cris du cormoran qui planait au-dessus du pêcheur transmettaient un message télégraphique dénonçant la vérité de ce train. Il se rappela la tristesse de son ami le peintre, lorsque celui-ci cessa de recevoir les revues d'art d'avant-garde qu'on lui faisait parvenir d'Allemagne. La pire des maladies que nous puissions contracter, c'est la suppression de la conscience de ce qui nous entoure. Le docteur Da Barca ouvrit sa mallette et sortit un opuscule à la reliure usée, *Les Racines biologiques du sentiment esthétique,* par le docteur Nóvoa Santos.

Le lieutenant Goyanes s'assit en face de lui. Il regarda la couverture du livre du coin de l'œil. Le docteur Da Barca, calcula-t-il, devait être à peine plus âgé que lui, pas beaucoup plus. Après l'incident du départ, lorsqu'on lui avait dit que cet homme était le médecin du groupe, il s'était conduit en camarade tout en conservant l'assurance et la supériorité d'un guide touristique. Et sans se soucier d'interrompre la lecture du docteur, il lui raconta que lui aussi avait été à l'université, qu'il avait fait quelques études de philosophie avant de s'engager dans l'armée de Franco en tant qu'officier de réserve. Par la suite, il avait décidé de poursuivre la carrière militaire. Ah, la philosophie ! s'exclama-t-il ironiquement. Moi aussi, j'ai été attiré par les idées de Marx et de tous ces prophètes de la

délivrance sociale, tout comme le *duce* Musso-
lini, d'ailleurs. Saviez-vous que lui aussi avait été
socialiste ? Oui, bien sûr que vous le savez ! Jusqu'à ce fameux jour où le philosophe guerrier
se révéla au fond de lui. Jusqu'à ce jour où le
fossoyeur du présent fit enfin son apparition.
C'est lui qui me tira du troupeau des esclaves.

Le docteur Da Barca continuait à lire en s'ef-
forçant de l'ignorer, mais le lieutenant savait
comment s'y prendre pour le faire réagir.

C'est alors que j'ai cessé de m'occuper des
simagrées des singes pour m'intéresser enfin
aux dieux.

Il avait visé juste. Le docteur interrompit tout
à coup sa lecture et le regarda bien en face :

Eh bien, ça ne saute pas aux yeux, mon lieutenant.

Le militaire éclata de rire et lui envoya une
grande tape sur les genoux.

Voilà ce que j'aime, s'exclama-t-il en se rele-
vant, voilà un Rouge qui a des couilles. Conti-
nuez donc à vous occuper des simagrées des
singes, docteur.

Puis il n'eut plus l'occasion de blaguer, car
les choses commencèrent à se compliquer. On
aurait dit que c'était le diable en personne qui
conduisait le convoi. Le repas des prisonniers
n'était pas arrivé à temps à Monforte. Puis il y
eut ce calvaire dans les montagnes enneigées.
Le médecin courait sans relâche d'un wagon à

l'autre. La dernière fois que je l'avais aperçu, il était à genoux en train de nettoyer, à la lueur d'un lumignon, les caillots de sang noir restés accrochés au poil de la barbe du premier mort.

Les cheveux du docteur avaient frisé sous les flocons de neige. Un des gardes civils s'avança pour expliquer ce qui se passait : Il nous a dit que c'était un cas de vie ou de mort, Monsieur, et que vous lui aviez donné l'autorisation. Dans cette gare battue par les vents, le lieutenant Goyanes se dit qu'il lui fallait absolument faire preuve d'autorité devant le commandant. Il arracha violemment le fusil des mains du garde civil et envoya un grand coup de crosse au docteur Da Barca qui tomba au sol.

Vous n'aviez pas d'autorisation !

À terre, le docteur s'essuie la joue d'un revers de main. Sa blessure saigne. Calmement, il recueille une poignée de neige et se l'applique sur la blessure comme s'il s'agissait d'un baume. Un onguent de sang et de neige, dit le peintre dans la tête d'Herbal. La pommade de l'histoire. Pourquoi ne l'aides-tu pas à se relever ?

Tu es devenu fou, grommelle le garde civil.

Aide-le. Ne vois-tu pas qu'il fait ça pour nous sortir de ce mauvais pas ?

Le caporal Herbal hésite. Mais soudain, il s'avance vers lui et tend sa main au blessé pour l'aider à se relever.

Il fut très surpris par mon geste, raconta-t-il à

Maria da Visitação. Peut-être se souvenait-il encore du jour de son arrestation, quand je lui avais donné une bonne raclée. Mais ensuite, il rendit son coup au lieutenant en clouant violemment son regard sur le sien. Il était expert en la matière. On ne savait plus quoi faire lorsqu'il nous fixait de la sorte.

On entendit sa toux. Le chef de gare se tourna vers le malade qui était allongé sur la civière comme si la sonnerie du téléphone venait soudain de retentir.

Et voilà le commandant qui écarte le lieutenant et demande :

Mais qu'est-ce que c'est que ce bordel ?

Cet homme est sur le point d'avoir une très grave hémoptysie, lui répond le docteur Da Barca. Il risque de mourir d'un instant à l'autre, de se noyer dans son propre sang. Il y en a trois qui sont déjà partis pour les mêmes raisons.

Et pourquoi l'avez-vous emmené ici, alors ? Je sais très bien ce que signifie la tuberculose. S'il est sur le point de mourir, eh bien, qu'il meure. L'hôpital le plus proche se trouve aux cinq cents diables.

Il nous reste encore une chance. Mais il n'y a pas une minute à perdre. J'ai besoin d'une pièce bien éclairée, d'une table et d'eau bouillie.

Le bureau du chef de gare était recouvert d'une grande vitre qui protégeait une carte des chemins de fer espagnols. On le recouvrit avec un dessus-de-lit et on y allongea le malade. Dans la casserole qui se trouvait sur le réchaud, l'eau commençait à bouillir, avec l'aiguille de la seringue. Le bruit que produisait le bouillonnement ressemblait à la respiration du malade. Pendant qu'il assistait aux préparatifs de cette opération sans anesthésie, Herbal essayait d'écouter sa propre poitrine. Les chatouillis de la mer sur l'éponge du sable. Il rassembla toute sa salive sous son palais pour s'assurer qu'elle n'avait pas le goût douceâtre du sang. Il n'y avait que le peintre qui connaissait son angoisse et le secret de sa maladie cachée. Herbal surveillait les symptômes des autres. Et, comme si de rien n'était, il enregistrait tous les commentaires médicaux concernant les maladies des poumons. Il s'instruisait à partir de chaque signe de son corps.

La Génération Douloureuse ! Les meilleurs artistes galiciens sont morts très jeunes, lui avait dit le peintre. En Galice, la faux adore les artistes, Herbal. Si c'est vraiment ça que tu as, dis-toi bien que c'est une maladie très célèbre.

Ils étaient extrêmement séduisants, tous ces artistes, avec cette beauté que leur conférait la mélancolie. Les femmes étaient toutes folles d'eux.

Eh bien, je te remercie ! s'exclama le garde civil. C'est un vrai soulagement pour moi.

Ne t'inquiète pas. Cela ne te concerne pas, Herbal !

Il observa le malade, allongé sur le bureau du chef de gare. C'était un très jeune garçon, pratiquement imberbe. Cependant un lichen ancien se cachait dans le fond de ses yeux. Herbal connaissait bien son histoire. Il s'appelait Seán. Il était déserteur. Il avait erré pendant trois ans dans la montagne de Pindo où il avait vécu comme un animal troglodyte. Des dizaines d'hommes-taupes habitaient dans le fond de ces grottes. Les gardes civils faisaient des battues, mais on ne trouvait jamais leur cachette. Puis, un jour, on découvrit les signaux et le code qu'ils utilisaient. C'étaient les lavandières qui les renseignaient, elles écrivaient leurs messages sur les buissons à l'aide des différentes couleurs du linge qu'elles étendaient.

Qu'allez-vous lui faire ? demanda le commandant.

Un pneumothorax, répondit le docteur Da Barca, un pneumothorax sans anesthésie. Il faut faire entrer de l'air dans sa poitrine pour comprimer les poumons et arrêter l'hémorragie.

Ensuite il vissa la seringue, regarda tranquillement Seán et lui fit un clin d'œil pour lui donner du courage.

Allez, ne t'en fais pas, tu vas t'en sortir, camarade ! C'est juste une piqûre entre les côtes.

C'est exactement ça. Juste une piqûre. Une piqûre d'abeille dans une poitrine de loup.

Puis le médecin se tait. Il perfore très lentement. Il a l'air si attentif qu'on dirait que ses yeux radiographient la poitrine et qu'ils suivent la lente perforation de l'aiguille. Herbal fait partie de ceux qui tiennent le malade par les poignets. Celui-ci ferme les poings, se cloue les ongles dans la paume des mains. Après avoir planté l'aiguille, le médecin demeure immobile, il surveille le rythme de la poitrine. Sur le bureau du chef de gare, dans les profondeurs des cavernes de cet homme, on entend comme un bruit de source, l'orgue du vent.

Le train redémarra le soir même, raconta Herbal à Maria da Visitação. Il commença à traverser de nombreuses gares. Le train perdu dans la neige n'était plus maintenant qu'un train fantôme. À l'occasion de nos brefs arrêts, personne n'osait s'en approcher. On était plusieurs à sortir pour aller chercher des vivres. Mais on revenait bredouille. Toutes les gares sentaient la faim, dit Herbal en regardant l'aérosol parfumé au sapin canadien posé sur la table. Pourtant je me souviens d'un détail très particulier. À Medina del Campo, un homme frappa à la vitre et salua le docteur Da Barca. Puis il disparut. Mais, alors que le train repartait, l'homme revint vers nous avec un sac rempli de châtaignes. Je l'ai attrapé presque au vol, depuis la porte du wagon. Il cria : C'est pour le docteur ! C'était un homme très grand, mais il avait l'air un peu craintif. C'était Gengis Khan.

Parmi les châtaignes, j'ai découvert un porte-feuille. Il a dû le chiper ici, à la gare, me suis-je dit. J'ai eu envie de le garder. Mais finalement, j'ai pris la moitié des billets et j'ai tendu le sac au docteur.

Qu'est devenu le garçon, le déserteur ? demanda anxieusement Maria da Visitação.

Il est mort à Porta Coeli. Oui, il est mort dans ce sanatorium qu'on avait baptisé la Porte du Ciel.

18

Le docteur Da Barca était en train d'écrire une lettre d'amour. C'est pour cette raison qu'il faisait beaucoup de ratures. Il pensa tout d'abord que le langage n'était pas assez riche pour s'acquitter d'un tel exercice. Puis il se mit à regretter de ne pas posséder l'impudeur du poète. Il s'en servait pourtant, de cette impudeur, lorsqu'il s'adressait aux autres prisonniers. Tout un pan de sa thérapie consistait à encourager ces hommes à faire parvenir quelques mots par la poste à la femme de leur vie. Et, toujours de bonne humeur, il leur donnait un coup de main pour rédiger ces lettres. Elle s'appelle Isoline, docteur ! Isoline ? Voyons voir : Isoline... *Senteur de citron vert et d'orange mandarine.* Que penses-tu de ça ?

Je suis sûr que ça va lui plaire, docteur. C'est une fille très simple.

Mais lorsqu'il s'agissait de lui, il trouvait que toutes les lettres d'amour étaient ridicules. Parfois il s'étonnait qu'un malade puisse lui dire sans pudeur : Docteur, écrivez-lui qu'elle ne s'en fasse pas pour moi. Que tant qu'elle vivra, je serai incapable de mourir. Que quand l'air me manque, je respire à travers sa bouche.

Ou qu'un autre lui demande : Dites-lui que je reviendrai. Que je reviendrai et que je colmaterai une à une toutes les gouttières du toit.

Il ratura une nouvelle fois l'en-tête. La lettre d'aujourd'hui ne pouvait pas être tout à fait comme les autres. Finalement, il écrivit : Ma femme. C'est alors qu'il entendit qu'on frappait à la porte de sa chambre. D'après le règlement du sanatorium, il était déjà tard : onze heures du soir. Il se dit que c'était une urgence et masqua sa contrariété avant d'aller ouvrir la porte. C'était la mère Izarne. En d'autres circonstances, il l'aurait charriée à propos de son habit de l'ordre de la Merci. Oh, mon Dieu ! Lorsque vous êtes entrée, j'ai cru qu'il s'agissait de fragments ectoplasmiques. Mais cette fois, il éprouva un sentiment d'irréalité et fut quelque peu troublé. La religieuse souriait avec un charme tout à fait féminin. Puis, tout à coup, sans même prendre la peine de lui dire bonsoir, elle tira une bouteille de cognac de sous sa jupe et la lui tendit.

J'ai apporté ceci pour vous, docteur. Pour fêter votre nuit de noces.

Et comme si elle fuyait sa plaisanterie et son

audace, elle disparut à toute vitesse dans le couloir en abandonnant dans la pièce l'aura de ses yeux illuminés.

Bleu gris vert. Des yeux en amande, et des paupières légèrement plissées en demi-lune.

Les mêmes yeux que Marisa. Dieu n'existe pas, pensa le docteur Da Barca, mais la Providence existe.

C'était également elle, la mère Izarne, qui tout émue lui avait remis en fin d'après-midi un télégramme annonçant que la cérémonie de son mariage avait bien eu lieu. Ce matin-là, Marisa avait dit : « Oui, j'accepte », à l'église de Fronteira. Il savait même à quelle heure cela s'était passé. À cet instant précis, à Porta Coeli, à mille kilomètres de là, le docteur était en train de faire sa promenade matinale en compagnie des infirmiers du sanatorium. Il avait passé une chemise blanche et son vieux costume de cérémonie. Soudain, au milieu des sapins et des oliviers, il ferma les yeux et lança : « Oui, j'accepte. Et comment que j'accepte ! »

Eh, les gars ! Regardez, le docteur est en train de rêver tout éveillé.

Chers amis, j'ai une bonne nouvelle à vous annoncer. Je viens juste de me marier !

Les autres devaient être au courant, raconta Herbal à Maria da Visitação, car ils se pressèrent autour de lui en criant : Félicitations, Da Barca ! Tout le long du chemin, ils avaient rempli leurs poches de fleurs de genêt, et ils déversèrent sur lui les pétales d'or cueillis dans la montagne. Le docteur et Marisa s'étaient mariés par procuration. Tu vois ce que je veux dire ? Le frère de Marisa, Fernando, avait pris la place du fiancé à l'église. Le docteur, lui, avait signé une procuration devant un notaire. C'est la mère supérieure, la mère Izarne, qui l'avait aidé à faire les démarches nécessaires, c'est également elle qui fut son témoin. Elle prit cette affaire aussi à cœur que si c'était son propre mariage.

Tu étais jaloux, n'est-ce pas ? demanda Maria da Visitação, un sourire au coin des lèvres.

C'était une très belle religieuse, reprit Herbal. Et elle était très intelligente aussi. Elle ressemblait beaucoup à Marisa. Elle avait les mêmes expressions. Mais elle, bien sûr, c'était une religieuse. Elle me haïssait très fort. Je me demande pour quelle raison elle me haïssait à ce point. Au bout du compte, j'étais un surveillant et elle était la mère supérieure de toutes les sœurs qui s'occupaient de ce sanatorium pénitentiaire. Nous étions donc, en tout cas c'est ce que je pensais, du même côté.

Herbal regarda par la fenêtre ouverte comme s'il cherchait la lointaine lueur tremblotante du souvenir. Il faisait déjà nuit et on pouvait apercevoir les phares des voitures sur la route de Fronteira.

Un jour elle me surprit en train d'ouvrir la correspondance des prisonniers. Ce qui m'intéressait, c'était surtout les lettres adressées au docteur Da Barca. Je les lisais toujours très attentivement.

Pour transmettre tes renseignements ? demanda Maria da Visitação.

Si je lisais des choses étranges, je faisais un rapport bien entendu. La correspondance qu'il entretenait avec un de ses amis, un certain Souto, avait attiré mon attention parce qu'ils ne parlaient que de football. Son joueur favori était Chacho, un joueur du Deportivo de la Corogne. Je trouvais très étrange cette soudaine passion du docteur Da Barca pour le football, car je ne l'avais jamais vu s'intéresser au ballon rond. Mais dans les lettres qu'il écrivait en réponse et que je lisais aussi, vu que le contrôle marchait autant dans un sens que dans l'autre, il disait des choses très justes à propos de ce jeu. Il disait par exemple qu'il faut passer la balle comme si elle était attachée à un fil, ou bien que c'était le ballon qui devait circuler et non pas le joueur, que c'est pour cette raison qu'il était rond. Moi aussi j'étais un admirateur de Chacho, alors j'ai laissé passer les lettres sans trop me poser de questions. En réalité, celles qui m'intéressaient le plus, c'étaient les lettres que lui envoyait Marisa. On en parlait avec le peintre disparu. Il y en avait une qu'il avait beaucoup aimée, on pouvait y lire un poème d'amour où Marisa évoquait des merles. Je l'ai gardée pendant une bonne semaine. Je l'avais toujours dans ma poche pour la relire. Personne ne m'écrivait à moi.

Je disais donc que, un jour, la mère Izarne pénétra dans le bureau des gardiens et elle me surprit affairé à mon travail avec un tas d'enveloppes ouvertes éparpillées sur la table. Moi, j'ai continué mon travail comme si de rien n'était. Je ne me suis pas douté qu'elle ignorait qu'on contrôlait la correspondance des prisonniers. Elle fut très indignée par cette procédure et je fus obligé de lui répondre en m'énervant un petit peu : Calmez-vous, ma mère, c'est une procédure tout à fait officielle. Et arrêtez de crier comme ça, tout le monde va nous entendre. Mais elle poursuivit encore plus indignée que tout à l'heure : Retirez vos sales pattes de cette lettre ! Et elle me l'arracha si violemment des mains que malheureusement elle la déchira en deux.

Elle lut l'en-tête. C'était une lettre de Marisa Mallo pour le docteur Da Barca, celle où elle avait écrit le poème d'amour qui évoquait des merles.

Les morceaux de la lettre tremblaient entre ses mains. Mais elle continua à lire.

Je lui dis :

Elle n'a aucun intérêt, ma mère. Elle ne parle même pas de politique.

Elle me répondit :

Espèce de porc.

Espèce de gros porc à tricorne.

Dès que nous sommes arrivés là-bas, je me suis senti bien mieux. Comparé au climat de Galice, celui de Porta Coeli était un long printemps. Mais ce problème inattendu avec la mère supérieure me fit à nouveau ressentir ces maudits gargouillements au fond de ma poitrine, mes étouffements allaient reprendre.

Elle dut s'apercevoir, à mes yeux, que j'étais très angoissé. Chacune de ces religieuses valait bien une compagnie d'assurance vie. Elle s'exclama :

Vous êtes malade, n'est-ce pas !

Je vous supplie de ne jamais dire ça, ma mère. Je suis énervé et voilà tout. J'ai les nerfs qui me rongent la tête.

Ça aussi c'est une maladie, répondit-elle. Et l'on peut la soigner par la prière.

Je prie. Mais ça ne s'arrange pas vraiment.

Eh bien, allez au diable !

Elle était très intelligente. Et elle avait un sacré caractère. Elle quitta le bureau en emportant la lettre déchirée en deux.

J'ai raconté ce qui s'était passé à un inspecteur de police, un certain Arias, qui venait de temps en temps de Valence, mais j'ai bien évidemment évité de faire allusion à ma santé. Ôte-toi toujours du chemin d'une bonne sœur, me dit-il en ricanant, sinon tu finiras à tous les coups en enfer.

Avec sa fine moustache, l'inspecteur Arias était un excellent théoricien. Il m'expliqua :

En Espagne, nous n'atteindrons jamais une dictature aussi parfaite que celle d'Hitler : la sienne tourne comme une montre. Et tu sais à cause de quoi nous ne l'atteindrons jamais, caporal ? À cause des femmes. Oui ! des femmes ! En Espagne, la moitié des femmes sont des putes, et l'autre moitié des bonnes sœurs. Je suis désolé pour toi. Moi, en ce qui me concerne, je suis tombé sur la première moitié.

Ah, ah, ah !

C'était une vielle blague de régiment.

Moi, je connais beaucoup d'histoires, mais je ne suis pas très bon pour raconter des blagues.

Il y avait une fois un chien qui s'appelait Blagué. Mais le chien est mort et la blague est finie.

Ah, ah, ah ! Ça c'est vraiment nul, hein ! Galicien !

En enfer, je te dis. Ôte-toi toujours du chemin d'une bonne sœur. Herbal en profita pour demander à l'inspecteur de ne plus s'occuper de la correspondance.

Ne t'en fais pas, lui répondit-il. On s'arrangera pour la contrôler au commissariat.

Tu crois que la mère supérieure était amoureuse de lui ? demanda Maria da Visitação en remettant sur la table son sujet de conversation favori.

Il avait du charme, je te l'ai déjà dit. Pour les femmes, il avait autant de charme qu'un joueur de cornemuse.

Personne ne savait très bien quand est-ce que le docteur Da Barca dormait. Il était toutes les nuits de garde, un livre à la main. Parfois il croulait de fatigue dans le pavillon des malades, ou alors il se couchait dehors, le livre ouvert posé sur sa poitrine. Elle commença à lui prêter des ouvrages qu'ils commentaient un peu plus tard. Aux beaux jours, les conversations se prolongeaient la nuit lorsque les malades sortaient pour prendre le frais.

Sous la lune, ils parcouraient de long en large la montagne plantée de sapins.

Ce qu'ignorait Herbal, c'est que, une fois, la mère supérieure avait également envoyé au diable le docteur Da Barca. Cela se passa pendant le printemps qui suivit son arrivée à Porta Coeli, et tout ça à cause de sainte Thérèse.

La mère supérieure commença à protester :

Vous me décevez, docteur. Je savais que vous n'étiez pas croyant, mais je pensais que vous étiez tout de même un homme sensible.

Et il lui répondit :

Un homme sensible ? Dans le *Livre de la vie*,

elle prétend : J'avais une douleur au cœur. Et c'était vrai, elle avait effectivement une douleur au cœur, c'est bien cet organe qui la faisait souffrir. Elle avait une angine de poitrine et elle est tout simplement morte d'un infarctus. Le docteur Nóvoa Santos, l'éminent pathologiste, est allé à Ávila où l'on conserve son reliquaire et il a examiné le cœur de la sainte. C'était un homme honnête, croyez-moi. Il en a conclu que ce que l'on pensait être une plaie, le saint stigmate d'un dard angélique, n'était en fait rien d'autre que le *sulcus atrioauricular*, c'est-à-dire le sillon qui sépare les oreillettes de l'atrium. Mais il trouva également une cicatrice et c'était la cicatrice caractéristique d'une plaque de sclérose qui révélait rien moins qu'un infarctus. Ainsi que le souligne le professeur Nóvoa, l'œil clinique est incapable d'expliquer un poème, mais un poème peut parfaitement expliquer ce que l'œil clinique ignore. Et ce poème : *Vivo sin vivir en mí, y tan alta vida espero, que muero porque no muero* *[1]. Je meurs de ne pas mourir ! Ce poème...

Est une merveille !

Oui, mais c'est aussi un diagnostic médical.

Ne soyez pas grossier, docteur. Nous sommes en train de parler de poésie, de ces vers subli-

1. Je vis sans vie à l'intérieur de moi, et j'attends une si suprême vie, que je meurs de ne pas mourir.

mes, et, vous, vous me parlez d'organes aussi crûment que le ferait un médecin légiste.

Je suis désolé mais je suis pathologiste.

Vous n'êtes surtout pas trop logique, docteur Da Barca !

Écoutez, Izarne, mère Izarne. Ces vers sont exceptionnels. Aucun pathologiste ne serait capable de décrire une maladie de la sorte. Elle transforme sa faiblesse, la mort transitoire qui l'oppresse tellement, en une manifestation culturelle ou, si vous préférez, spirituelle. Le soupir devenu poème.

Ah bon ! Pour vous : « je meurs de ne pas mourir » n'est rien d'autre qu'un vulgaire soupir ?

Oui, admettons que ce soit un soupir très exceptionnel.

Sainte Vierge ! Vous êtes si froid, si cynique, si...

Si quoi ?

Si orgueilleux. Si vous ne croyez pas en Dieu, c'est surtout par orgueil.

Bien au contraire, c'est surtout par modestie. Si sainte Thérèse et les mystiques s'adressent réellement à Dieu, eh bien, ils le font avec une telle arrogance que cela retombe dans le domaine de la pathologie. *Voir Dieu, mon prisonnier !* Sincèrement, je préfère le Dieu de l'Ancien Testament. Il est Très Haut dans son illustre hauteur, lui au moins, il met en scène le mouvement des astres comme qui mettrait en scène un film à Hollywood. Je préfère penser que le Dieu de sainte Thérèse avait une existence réelle, que c'était un être humain désorienté qui n'a jamais rien su des désirs de la sainte. *Quelle est amère cette vie où l'on ne sait pas jouir du Seigneur !* Pourquoi ne pas penser qu'elle était amoureuse d'un impossible amour ? En plus, elle était fille et petite-fille de juifs convertis. Elle avait plus de choses à cacher que quiconque. C'est pour cette raison qu'elle parle de prison et de l'âme emprisonnée. Elle tente d'exprimer son oppression, sa faiblesse physique, mais aussi son impossibilité de vivre un amour réel. Certains de ses confesseurs ont dû être très intelligents et sans aucun doute très séduisants.

Je m'en vais. Ce que vous dites me dégoûte.

Mais pourquoi ? Je crois en l'âme, mère Izarne.

Vous croyez en l'âme ? Et vous parlez d'elle comme si ce n'était qu'une vulgaire sécrétion corporelle.

Pas exactement. Nous pourrions nous aventurer à affirmer que le substrat matériel de l'âme, ce pourrait être les enzymes de la cellule.

Vous êtes un monstre, un monstre qui se croit très sympathique.

Sainte Thérèse compare l'âme à un château médiéval, *elle est taillée dans du diamant par le divin verrier.* Et pourquoi du diamant ? Si j'étais poète, et dites-vous bien que j'aurais aimé le devenir, j'aurais plutôt évoqué un flocon de neige. Il n'y en a jamais deux qui soient semblables. Et ils s'évanouissent progressivement sous les rayons du soleil, comme s'ils se disaient : L'immortalité, mais quel ennui ! Le corps et l'âme sont étroitement liés. Ainsi que la musique est liée à l'instrument, l'injustice qui provoque les inégalités et les souffrances sociales constitue la plus terrible machine à détruire les âmes.

Et pourquoi pensez-vous que je suis ici ? Je ne suis pas une mystique. Je lutte contre la souffrance, la souffrance que vous, héros de l'un ou l'autre bord, avez provoquée chez les gens ordinaires.

Et une fois de plus, vous vous trompez, ma mère. Car moi je ne compterai pas. Je ne serai cité dans aucun livre liturgique. Comme le disent les médecins nazis, je suis dans le camp des vies insignifiantes, des vies qui ne méritent même pas d'être vécues. Je n'aurai même pas, comme vous, la consolation de savoir que je serai assis à la droite de Dieu. Mais je vais vous dire quelque chose, mère Izarne, si Dieu existe, c'est un être schizoïde, une espèce de Docteur Jekyll et Mister Hyde. Et vous êtes sur le bord qui convient par rapport à lui : à sa droite ?

Pourquoi vous moquez-vous de moi ? Il y a de quoi s'arracher les cheveux en entendant ça.

Au fait, je ne sais même pas de quelle couleur ils sont, vos cheveux.

Mère Izarne retira sa coiffe blanche et secoua la tête pour libérer sa longue chevelure rousse. Elle dit :

Maintenant vous le savez. Et allez au diable !

Et il répondit :

Je ne serais pas gêné d'y rencontrer une aussi belle étoile.

Tu crois qu'il y a des gens qui vivent sur d'autres planètes, toi ? demanda soudain Herbal à Maria da Visitação.

Je ne sais pas, répondit-elle avec un sourire ironique. Je ne suis pas d'ici. Je n'ai même pas de papiers.

La mère Izarne et le docteur Da Barca, raconta Herbal, parlaient beaucoup du ciel. Non, pas du ciel et des saints mais du ciel et des étoiles. Après le dîner, tandis que les malades s'allongeaient au-dehors, ils jouaient à celui qui reconnaîtrait le plus d'étoiles possible. D'après ce que j'ai compris, il y a très longtemps, un savant qui prétendait que d'autres planètes que la nôtre étaient habitées avait été brûlé vif. Dans le temps, on ne s'embarrassait pas de préambules. Ils croyaient tous les deux qu'il y avait d'autres gens là-haut. Ils étaient au moins d'accord sur cette manière de voir les choses. Ils croyaient que cela deviendrait un jour une grande découverte. Mais moi, je ne crois pas ça du tout. On serait alors encore plus nombreux à se disputer les héritages. Pour des gens qui avaient fait des études, je les trouvais tout de même un peu timbrés. Mais j'aimais bien les écouter. Ce qui est sûr, c'est que quand tu restes très longtemps la tête en l'air, le ciel se peuple d'étoiles de plus en plus nombreuses. On dit qu'on en voit qui n'existent plus. Que la lumière met si longtemps à venir que, lorsqu'elles arrivent jusqu'à toi, elles sont déjà éteintes. Merde alors ! On voit des choses qui n'existent plus.

Si ça se trouve, tout est comme ça.

Mais qu'est-ce qui s'est passé ensuite ? demanda impatiemment Maria da Visitação.

Eh bien, ils sont venus le chercher et l'histoire du sanatorium s'est arrêtée là. Moi, ça m'a vraiment fait chier. Le climat me convenait parfaitement et puis on ne vivait pas si mal que ça. J'étais devenu un surveillant qui ne surveillait plus rien du tout. L'idée de s'évader ne pouvait venir à personne. Pourquoi l'aurait-on fait ? Toute l'Espagne n'était plus qu'une gigantesque prison. C'est la vérité. Et en plus Hitler avait envahi l'Europe et il continuait à gagner toutes les batailles. Les Rouges ne savaient plus où aller se réfugier. Qui aurait osé bouger ? Il n'y a qu'un fou qui aurait pu le faire. Un fou comme le docteur Da Barca.

On était à l'hôpital depuis un peu plus d'un

an. Et un jour l'inspecteur Arias se présenta accompagné par d'autres policiers. Ils avaient l'air furieux. Ils me dirent : Amenez-nous ce médecin, et à coups de pied au cul s'il le faut ! Je savais de qui ils voulaient parler, bien entendu. Mais j'ai fait l'imbécile : Quel médecin ? Allons, caporal, amenez-nous le docteur Daniel Da Barca.

Il venait de faire la visite des malades qui se trouvaient dans le pavillon principal et il commentait les dernières nouvelles avec les sœurs infirmières. La mère Izarne était là, elle aussi.

Suivez-moi, docteur Da Barca. Quelqu'un vous demande.

Les femmes en blanc échangèrent des regards en silence.

Qui est-ce qui me demande ? dit-il ironiquement. Les gars du charbon ?

Non, les gars du bâton, lui répondis-je.

C'était la première fois qu'une plaisanterie me venait à l'esprit. Le docteur eut l'air d'apprécier. C'était aussi la première fois qu'il m'adressait la parole sans donner l'impression qu'il dépensait inutilement sa salive. Mais la mère Izarne me regarda d'un air terrorisé.

Salut Chacho, dit l'inspecteur Arias lorsque le docteur se retrouva devant lui. Comment va ton pied gauche ?

Le docteur répondit sur le même ton ironique : Cette saison, j'ai été obligé de déclarer forfait.

L'inspecteur jeta sa cigarette à moitié finie par terre et il l'écrasa lentement comme si c'était le bout coupé de la queue d'un lézard.

Nous verrons bien au commissariat. Nous avons de très bons traumatologues là-bas.

Il saisit Da Barca par le bras. Et il n'eut pas besoin de le pousser car le docteur se laissa conduire sans résister jusqu'à la voiture.

Est-ce qu'on pourrait savoir ce qui se passe ici, demanda la mère Izarne en se plantant devant l'inspecteur.

Cet homme est un chef de réseau, ma mère. Un dangereux chef d'orchestre.

Cet homme est à moi ! s'exclama-t-elle les yeux rouges de colère. Il fait partie du sanatorium. Il y est prisonnier ici, chez moi !

Occupez-vous donc de votre royaume, ma mère, répliqua froidement l'inspecteur Arias, sans même prendre la peine de s'arrêter. L'enfer, nous nous en occuperons nous-mêmes.

Puis on entendit le commentaire de l'un des policiers qui disait à voix basse :

Merde alors, cette bonne sœur a un sacré caractère !

Bien plus sacré que le pape, renchérit l'inspecteur d'un air fâché. Allez, démarre, putain de merde !

Avant ça, je n'avais jamais vu pleurer une

bonne sœur, raconta Herbal à Maria da Visitação. C'est une sensation très étrange. On dirait
une image pieuse, sculptée dans du noyer, qui
fond soudain en larmes.

Calmez-vous, ma mère. Le docteur Da Barca
retombe toujours sur ses pattes.

Mais il faut avouer que je n'étais vraiment pas
très doué pour consoler les gens. Et elle m'envoya au diable pour la seconde fois.

Ils le ramenèrent trois jours plus tard, ce fut
suffisant pour qu'il ait eu le temps de maigrir. Il
semblerait, raconta à Herbal un garde civil qui
faisait partie de l'escorte, que la police surveillait depuis longtemps votre fameux Chacho
sans se douter que l'oiseau arrivait à chanter
parfaitement depuis le fond de sa cage. Les gars
de la résistance prétendaient que c'était un
livre vivant. Les combinaisons de joueurs qu'il
suggérait dans ses lettres et les commentaires
qu'il formulait à propos des tactiques étaient en
réalité des informations codées et chiffrées, des-
tinées à une organisation clandestine. Avec tout
le temps qu'il avait passé comme dirigeant républicain et avec tout le temps qu'il avait croupi en
prison, Da Barca était devenu une véritable ar-
chive vivante. Il avait tout dans la tête. Ses textes
contenant des témoignages décrivant la répression en prison étaient régulièrement publiés
dans la presse anglaise et américaine. On avait
décidé de le juger une nouvelle fois.

Mais on l'a déjà condamné à perpétuité !

Eh bien, on recommencera. On ne sait jamais, s'il lui venait un jour l'idée de ressusciter !

Je pense qu'ils l'avaient sacrément tabassé, dit Herbal à Maria da Visitação, mais le docteur ne parla pas de son séjour au commissariat, même pas lorsque la mère Izarne s'approcha de lui et observa attentivement son visage à la recherche des traces de coups. Il avait un gros bleu dans le cou, juste sous l'oreille. La mère supérieure le lui caressa du bout des doigts, mais retira immédiatement sa main comme si elle avait reçu une décharge électrique.

Je vous remercie pour l'intérêt que vous me portez, ma mère. On va m'envoyer dans un autre hôtel que celui-ci, un hôtel bien plus humide. Il se trouve en Galice. Sur l'île de San Simón.

Elle tourna son regard vers une des fenêtres. On apercevait le sentier serpentant à travers les flancs de la montagne, sur un fond doré de genêts. Puis elle se ressaisit et lui adressa un sourire de novice.

Vous le voyez bien, n'est-ce pas ? Lorsque Dieu ferme une porte, c'est pour en ouvrir une autre. Ainsi vous pourrez être près d'elle.

Oui, c'est la seule chose positive de cette histoire.

Lorsque vous le pourrez, embrassez-la très

fort de ma part. N'oubliez pas que, moi aussi, je vous ai mariés.

Je l'embrasserai. Je l'embrasserai très fort, ma mère.

19

Daniel Da Barca parcourut d'un rapide coup d'œil la rangée de fenêtres, à la recherche de la blancheur de colombe d'une toque de religieuse. Mais il ne la vit point. Il avait pris congé des prisonniers malades, les uns après les autres. Les sœurs s'étaient rassemblées à la sortie du pavillon. Mais la mère Izarne ne s'y trouvait pas. Elle est en train de prier dans la chapelle, lui expliqua la plus âgée des religieuses comme si on lui avait demandé de transmettre le message. Il la remercia. Elles l'observaient en se demandant ce qu'il allait faire. Tandis qu'en signe d'adieu, la brise faisait flotter leur habit blanc, il se demanda si ce ne serait pas bien de leur dire quelques mots. Et puis, non ! Il se contenta finalement de leur sourire.

Je vous bénis, mes sœurs ! Et, en vrai doyen du chapitre, il fit un signe de croix dans le vide.

Elles éclatèrent de rire comme de petites filles.

Et toi, qu'est-ce que tu leur as dit ? demanda Maria da Visitação à Herbal.

Moi, je ne leur ai rien dit. Que voulais-tu que je leur dise ? Je suis reparti comme j'étais venu. Moi, j'étais l'ombre du docteur, un point c'est tout.

Mais cette scène ne demeura certainement pas sans effet sur le sergent García. C'est le règlement, docteur, lui expliqua-t-il en lui passant les menottes. On aurait dit qu'il se sentait gêné d'arriver là sans crier gare et d'interrompre les adieux avec ses menottes. Sur l'ordre de mission qu'on lui avait remis pour escorter le prisonnier, en compagnie du caporal Herbal, pendant le trajet du retour en Galice, on lui précisait que c'était un « dangereux opposant au régime » et qu'il était condamné à la réclusion à perpétuité. Il était donc monté au sanatorium pénitentiaire avec tous ses sens en alerte, et plutôt mécontent d'avoir à accomplir une mission qui allait l'obliger à traverser tout le territoire espagnol dans des trains qui se traînaient comme des pénitents portant la croix. Il fut tout de même soulagé en apercevant son prisonnier soi-disant mourant entouré par un petit bouquet de bonnes sœurs en admiration devant lui. Ce que son vieux brigadier racontait était donc vrai : les intellectuels sont comme les gitans, une fois qu'ils sont tombés, ils ne se révoltent plus. Par contre celui qui n'était vraiment pas en bonne santé, se dit-il lorsqu'ils prirent place dans le premier train de la matinée qui faisait la ligne Valence-Madrid, c'était le camarade qui était chargé de l'escorter avec lui. Ce type n'était pas gai du tout. On aurait dit un ivrogne en manque au petit matin. Il avait une tête de fossoyeur, un fossoyeur ponctuel. Sûrement qu'avant d'arriver à Vigo il aurait déjà des toiles d'araignée plein les cils.

Excusez-moi d'interrompre votre lecture, docteur, mais je voudrais vous demander un renseignement. C'est une question que je me pose depuis pas mal de temps. Vous qui êtes médecin devez savoir ça. Pourquoi est-ce que nous, les hommes, on en a toujours envie ? Vous voyez de quoi je veux parler ?

Vous voulez parler du sexe ?

Tout à fait, acquiesça le sergent en pouffant. Puis il se frotta les mains, frrr ! frrr ! perpendiculairement l'une sur l'autre : Je veux effectivement parler de la chose. Les animaux s'arrêtent, eux, n'est-ce pas ? Je veux dire : Ils sont d'abord en rut et puis ça finit par s'arrêter. Tandis que nous, les humains, elle est toujours aussi raide que le mât d'un drapeau !

C'est ça qui vous arrive, sergent ?

Ah, oui ! ça c'est sûr. Dès que je vois une femme, j'ai envie de... C'est pareil pour tout le monde, non ? Ah, ne commencez pas à me dire que j'ai une maladie !

Ce n'est pas vraiment une maladie, sergent. C'est un symptôme. C'est un symptôme qu'on rencontre fréquemment dans les pays où cela ne se fait pas souvent. Il imita le geste du sergent lorsqu'il s'était frotté les mains, frrr ! frrr ! : Vous voyez de quoi je veux parler ?

Le sergent García trouva sa repartie amusante. Il éclata de rire puis il se tourna vers Herbal. C'est un type très fin, hein, caporal ?

Je n'étais pas très en forme, avoua Herbal à Maria da Visitação. Plus d'un an s'était écoulé depuis le voyage qui les avait conduits au sanatorium. Ils changèrent de train à Madrid pour prendre, à la gare du Nord, l'express qui se rendait directement en Galice. Ils allaient faire en sens inverse le trajet du train perdu dans la neige. C'était le printemps et le soleil se reflétait sur les menottes du docteur, on aurait dit des bracelets-montres. Herbal ne se sentait pas bien. Il percevait sa propre pâleur, il avait l'impression que sa tête était enfoncée dans un oreiller froid et humide.

Vous ne vous sentez pas bien, caporal ?

Ça ira, sergent. C'est le train qui me donne sommeil.

Vous devez avoir la tension trop basse. Comment ça marche, cette histoire de tension, docteur ? Est-ce que c'est vrai que ça dépend du sucre qu'on a dans le sang ?

Le sergent García était très bavard et il avait

cet accent sympathique qu'ont tous les Andalous. Lorsque la conversation retombait et que le docteur Da Barca se plongeait à nouveau dans sa lecture, il changeait de sujet comme s'il voulait lutter contre les cliquettements monotones du train. Ils étaient assis l'un en face de l'autre, près de la vitre, tandis qu'Herbal somnolait un peu plus loin, le fusil posé sur son giron. Ils étaient seuls dans le compartiment. À l'occasion d'un arrêt, alors que la nuit commençait à tomber, la portière s'ouvrit et réveilla Herbal. Une femme monta, elle portait un enfant dans ses bras et tenait l'autre par la main. Elle avait mis un foulard sur sa tête. Elle murmura : Avance, mon garçon, il ne faut pas rester ici.

Lorsque Herbal se rendormit, il entendit le docteur Da Barca parler avec la sœur, la mère Izarne. Il lui disait : Les souvenirs sont des engrammes. Mais qu'est-ce que c'est que cette chose-là ? Ce sont des sortes de cicatrices qui subsistent dans le cerveau. Puis Herbal aperçut des gens en file indienne, un ciseau de charpentier à la main, en train de lui faire des cicatrices dans la tête. Et il leur disait : Non, il ne faut pas me faire des cicatrices dans la tête. Et soudain Marisa surgit, c'était Marisa encore fillette, alors il lui dit : Oui, si tu veux, fais-moi une cicatrice dans la tête. Puis ce fut le tour de Nan. Sa tête était en bois d'aulne. Nan l'entailla doucement et approcha son nez pour sentir. Et puis son autre oncle arriva, son oncle braconnier, il s'immobilisa avec son poignard au-dessus de la tête d'Herbal et il déclara : Je suis vraiment désolé, Herbal. Et il lui répondit : Si tu penses qu'il faut frapper, frappe donc, mon oncle. Puis sa tête eut l'air de s'être enlisée dans de la suie, c'était aux Asturies ; une femme hurlait et l'officier criait : Tirez, bordel de merde, tirez nom de Dieu ! Et lui, il les suppliait : Non, ne me faites pas cette cicatrice-là.

Ensuite il se vit sur une montagne au bord d'une route, une nuit de pleine lune au mois d'août. Un garçon en uniforme se trouvait devant lui, il avait une tête de braconnier et il lui demandait pourquoi il faisait ça. Pourquoi est-ce que tu me fais cette cicatrice ? Il se souvint du crayon. Le crayon de charpentier. La femme qui portait un foulard sur la tête lui dit : Avance, mon garçon, il ne faut pas rester ici. Et il se réveilla enfin, trempé de sueur, il se mit à fouiller dans son sac de voyage.

Eh, caporal ! On est déjà arrivé dans ton pays. Tu vois bien qu'il pleut, non ? Tu me dois au moins trois tours de garde !

Et puis il ajouta, à voix basse : Eh bien, dis donc, c'est vraiment un putain de surveillant, celui-là ! Il serait tout à fait foutu de dormir sous les bombardements.

Il trouva le crayon au fond de son sac.

Salut, Herbal ! lui dit le peintre. Nous sommes déjà arrivés à Monforte. C'est ici que le train se scinde en deux parties. Moi, je vais vers le nord, à La Corogne, et toi, tu vas vers le sud. Prends bien soin de cet homme !

Et que veux-tu que je fasse ? murmura Herbal. On ne sera jamais plus ensemble. On n'a pas voulu que je reste à San Simón. Et on m'a affecté ailleurs.

Tu l'as vue, demanda le peintre ? Regarde, regarde, elle est venue !

Elle se trouvait effectivement là. Sa chevelure rousse et l'arc-en-ciel de ses yeux dissipaient le brouillard tout le long du quai. Toujours menotté, le docteur frappa sur la vitre avec ses doigts repliés.

Marisa !

Le sergent García, qui était pourtant si bavard, en resta muet. On aurait dit que, pour lui, la vitre était devenue un écran de cinéma.

Salut, Herbal ! Je vais essayer de retrouver mon fils et de voir s'il est en bonne santé, dit le peintre.

C'est ma femme ! c'est ma femme ! hurlait le docteur en secouant le sergent avec ses mains menottées, il était aussi excité que s'il avait annoncé l'arrivée d'une reine.

Et c'était vraiment une reine, une reine couturière. Le sergent García ne s'attendait vraiment pas à ça, expliqua Herbal à Maria da Visitação. Moi non plus d'ailleurs. Lorsqu'elle se présenta devant le compartiment, on ne savait plus s'il fallait faire feu ou s'il fallait se mettre à genoux. Je fis comme si de rien n'était.

Marisa tenait un panier de pique-nique à la main. Elle était vêtue d'une robe à fleurs en tissu imprimé, parfaitement cintrée à la taille. Ses bras étaient nus. On aurait dit qu'un jardin venait d'entrer dans une cellule, un jardin avec des abeilles et tout ce qui s'ensuit. Personne n'aurait pu éviter leur première étreinte. Le panier en osier grinça entre les deux corps comme le squelette de l'air.

La rapidité de cette étreinte me surprit, raconta Herbal à Maria da Visitação. La chaîne des menottes glissa derrière le dos de Marisa et resta coincée au creux de ses reins, à la naissance des fesses.

Lorsque le train repartit, le sergent García considéra qu'il était grand temps de reprendre la situation en main. Son geste, d'abord sympathique, devint ensuite tranchant comme un ciseau acéré. Ils se séparèrent.

C'est ma femme, sergent, dit le docteur Da Barca comme s'il venait d'inventer l'eau chaude.

Voilà mille ans que nous roulons dans le même train et vous ne m'avez même pas dit que votre femme vous attendait ici ? Puis il ajouta en pointant son doigt vers les gens qui se trouvaient sur le quai : Vous auriez quand même pu m'épargner tout ce cirque !

Il n'était pas au courant, coupa Marisa.

Le sergent la regarda un peu décontenancé, comme si elle lui parlait français, puis il saisit le télégramme qu'elle lui tendait. Il avait été signé par la mère Izarne dans le sanatorium pénitentiaire de Porta Coeli. La sœur lui indiquait à quelle heure le transfert du prisonnier devait avoir lieu.

Je ne voudrais pas être discourtois, docteur, dit le sergent García, mais comment puis-je être certain que vous êtes vraiment mari et femme ? Votre parole ne suffit pas. J'aurais préféré des papiers.

À ce moment-là, j'avoue que j'ai été plutôt lâche, raconta Herbal à Maria da Visitação. Je ne sais pas ce qui m'a pris. J'ai tenté d'intervenir et de dire : Bien sûr qu'ils sont mariés, je le sais bien, moi. Mais ma voix est restée coincée dans le fond de ma gorge.

Voici les papiers que vous réclamez, sergent, dit Marisa en restant parfaitement digne. Et elle les sortit de son panier de pique-nique.

Dès lors l'attitude du sergent changea du tout au tout. Il était impressionné par cette femme et cela ne m'étonna pas du tout, dit Herbal. Elle pouvait transformer la nuit en jour, et *vice versa*, comme aurait dit ce bon Gengis Khan. Il regarda autour de lui pour voir s'il n'y avait rien de suspect puis il retira les menottes au docteur.

Vous pouvez vous asseoir l'un à côté de l'autre, dit-il en pointant son doigt vers la vitre. Puis il s'empara du panier. Il faut dire que le sergent avait un bon coup de fourchette.

Le docteur Da Barca prit les mains de Marisa dans les siennes, dit Herbal avant que Maria da Visitação ne lui demande de lui raconter ce qu'ils avaient fait ensuite. Elle lui comptait les doigts pour s'assurer qu'il ne lui en manquait pas. Elle pleurait comme si elle avait mal de le voir devant elle.

Tout à coup il se leva et dit au sergent : Qu'est-ce que vous diriez de fumer une petite cigarette avec moi ?

Ils allèrent dans le couloir et ce n'est pas une cigarette qu'ils fumèrent mais au moins cinq ou six. Le train longeait les berges vertes et plantées de lilas du Miño. Le sergent bavardait chaleureusement avec le docteur comme s'ils étaient au comptoir d'un bistrot.

Depuis l'endroit où j'avais somnolé, dit Herbal, je la regardais avec regret et avec le désir de jeter mon fusil par la fenêtre et de l'embrasser. Elle pleurait sans rien comprendre. Moi non plus je ne comprenais rien. Dans quelques minutes, on allait arriver à la gare. Et puis ce serait fini. Des années et des années de prison allaient s'écouler sans pouvoir toucher à cette reine couturière. Et lui n'arrêtait pas de parler avec le sergent, on aurait dit deux maquignons en train de conclure des affaires. Ils ont continué à parlementer pendant tout le trajet, jusqu'à la gare de Vigo.

En arrivant, je fus d'abord très étonné qu'il ne lui repasse pas les menottes. Le sergent me prit à part et me dit : Je veux une discrétion absolue sur ce que nous allons faire. Si jamais tu parles un jour de ce qui va se passer, je te jure que je te retrouverai, même si ce doit être en enfer, et que je te tirerai un coup de fusil au fond de la gorge. Est-ce que tu as bien compris ce que je viens de dire ?

Pas de problème, sergent.

Alors, prends ta part et sois discret, putain de merde !

Herbal sentit des billets dans sa main et il les glissa dans la poche de son pantalon sans regarder.

On est bien d'accord, hein ?

Herbal le regarda en silence. Il ne savait pas du tout de quoi il était question.

Bien. On va rendre un petit service à ce couple. Au bout du compte, c'est un couple marié !

Herbal se dit que le sergent avait perdu la tête, qu'il avait été subjugué par le discours et le regard hypnotique du docteur Da Barca. Il aurait dû prévoir ça. À part l'argent qu'il lui avait donné, et ça ne devait pas être grand-chose, que lui avait-il fait d'autre pour l'ensorceler de la sorte ?

Daniel est un vrai phénomène, lui dit le peintre à l'oreille.

Tu n'avais pas dit que tu partais, toi ? demanda Herbal, un peu surpris.

J'ai bien réfléchi. Et j'ai décidé de ne pas rater ce voyage !

Où va-t-on maintenant, caporal ? demanda le sergent. Il m'a dit que vous sauriez où aller car vous connaissez très bien Vigo.

Le peintre le frappa avec son poing sur la tempe. L'heure de la vérité a sonné, Herbal. J'espère que tu vas te montrer à la hauteur !

On peut les conduire dans un hôtel qui se trouve tout près d'ici, Monsieur. Ils pourront ainsi y passer leur nuit de noces.

Sur le quai, ignorant tout de cette machination, Marisa pressait le pas. Elle pleurait en silence. Herbal la trouva extrêmement belle, aussi belle que les fleurs de camélia lorsqu'elles sont sur le point de tomber. Et finalement Da Barca s'approcha tendrement d'elle, mais elle était très fâchée contre lui et le repoussa violemment. Quel genre d'individu es-tu donc ? Tu n'es pas Daniel. Tu n'es pas l'homme que j'attendais. Alors il la saisit fermement par les épaules, la regarda dans les yeux, l'embrassa puis lui parla à l'oreille.

Ecoute-moi. Ne me pose pas de questions. Je t'en prie, laisse-moi faire.

À mesure que Marisa comprenait ce qui était en train de se passer, son visage se transformait. Elle avait retrouvé son regard de fiancée, raconta Herbal à Maria da Visitação. Ils marchèrent lentement jusqu'à la rue Príncipe. Les premières lueurs du soir apparurent tandis qu'ils faisaient semblant de s'intéresser de temps en temps aux vitrines des magasins. Et puis on arriva devant un petit hôtel. Le docteur Da Barca regarda le sergent. Celui-ci fit oui de la tête. Et le couple s'engouffra à l'intérieur, d'un pas décidé.

Bonsoir. Je suis le commandant Da Barca, expliqua-t-il au réceptionniste d'une voix sévère. Je voudrais deux chambres : une pour moi et ma femme et l'autre pour mes hommes. Parfait. Nous commençons à monter. Le sergent vous remettra les pièces d'identité.

À vos ordres, mon commandant. Bonne nuit, Madame. Reposez-vous bien.

Bonne nuit, commandant Da Barca, dit Herbal en se mettant au garde-à-vous. Puis il se pencha légèrement en avant : Bonne nuit, Madame.

Le sergent García montra sa pièce d'identité et demanda de ne déranger le commandant sous aucun prétexte. Appelez-moi si vous avez un message à lui transmettre.

Ce fut une très longue nuit, raconta Herbal à

Maria da Visitação. En tout cas, pour nous, elle fut très longue. Je suppose que, pour eux, elle fut très courte.

Je ne crois pas que les tourtereaux se sauveront, s'inquiéta le sergent en entrant dans la chambre. Mais il vaut mieux ne pas prendre de risque.

Ils passèrent donc leur nuit à écouter à tour de rôle derrière la porte. Je prends le premier tour de garde, décida le sergent García en lançant un clin d'œil théâtral à Herbal. Trois fois ! s'écria-t-il en retournant dans la chambre. C'est dommage qu'il n'y ait pas un petit trou dans le mur.

S'il y avait eu un trou dans le mur, ils auraient vu leurs deux corps nus étendus sur le lit. Marisa ne portait, noué autour de son cou, que le mouchoir qu'elle avait un jour voulu offrir en prison à Daniel.

J'ai eu l'impression que quelqu'un pleurait, raconta Herbal à María da Visitação. Il faisait beaucoup de vent cette nuit-là et l'on entendait une multitude d'accordéons sur la mer.

Puis moi aussi j'ai entendu grincer le sommier.

Très tôt aux aurores, le sergent frappa à la porte pour les réveiller. Il n'était plus très sûr d'avoir eu raison de leur permettre de passer cette nuit ensemble. Il était extrêmement inquiet et il tournait autour du lit.

Vous vous étiez mis d'accord tous les deux avant le départ, n'est-ce pas ?

On en avait parlé, mentit Herbal.

Ne raconte jamais ça à personne, même pas à ta femme, menaça le sergent d'un air soudain très sévère.

Je n'ai pas de femme, dit Herbal.

Eh bien, tant mieux. Allons-y !

Ils sortirent discrètement de l'hôtel en continuant à jouer leur rôle respectif. Mais si le réceptionniste avait pu les apercevoir après qu'ils eurent passé la porte, il aurait vu comment le commandant Da Barca se transformait à nouveau en prisonnier, menottes aux poignets. Une lueur de lendemain de tempête enveloppait les rues, la mélancolie des déchets abandonnés après une longue nuit d'accordéons sur la mer.

Sur le quai, un homme un peu distrait qui prenait des émigrants en photo leur proposa de les photographier eux aussi. Le sergent le lui interdit d'un geste violent : Tu ne vois pas que c'est un prisonnier ?

Vous le conduisez à San Simón ?

Et qu'est-ce que ça peut te faire ?

Pratiquement personne n'en revient. Laissez-moi au moins leur prendre une photo.

Ah bon, personne n'en revient ? dit tout à coup le docteur avec un sourire provocateur. L'île de San Simón est pourtant le berceau du romantisme, Messieurs ! C'est là-bas qu'est né le plus beau poème de l'humanité [1] !

Eh bien, à présent votre berceau est devenu un cercueil, murmura le photographe.

Bon d'accord, allez-y ! décida le sergent. Qu'est-ce que vous attendez ? Prenez-leur une photo, mais je ne veux pas qu'on voie les menottes !

Il l'étreignit en passant ses bras autour de son cou et elle les cacha avec les siens pour dissimuler les menottes. La mer en toile de fond, ils étaient chevillés l'un à l'autre. Ils avaient les yeux cernés des lendemains de nuit de noces. Sans grande conviction, comme si c'était une simple formalité, le photographe leur demanda de sourire.

La dernière fois que je l'ai vue, raconta Herbal à Maria da Visitação, c'est lorsque nous avons embarqué. Nous étions dans le bateau. Et elle était là en haut, toute seule sur l'embarcadère, près de l'amarre. Le vent peignait sa longue chevelure rousse.

Le docteur était debout dans la barque et il n'arrêtait pas de regarder sa femme restée près de l'amarre. Moi, je m'étais accroupi à la poupe.

---

1. L'auteur se réfère à l'unique poème que l'on a pu conserver du poète galicien médiéval Mendiño. Il raconte les sentiments amoureux d'une femme qui, entourée par la mer sur les îles, surveille l'arrivée de son amoureux.

Je dois être le seul Galicien qui ait le mal de mer.

Lorsque nous sommes arrivés à San Simón, le docteur sauta sur l'embarcadère d'un pas décidé. Le sergent signa un formulaire et le remit aux gardes civils.

Avant de s'éloigner, le docteur Da Barca se tourna vers moi et me fixa dans les yeux.

Il me dit :

Tu n'as pas la tuberculose, Herbal. C'est un problème cardiaque que tu as.

Les femmes qui se trouvent sur la côte, expliqua au retour le marin, ne sont pas des lavandières. Ce sont les épouses des prisonniers. Elles leur font passer de la nourriture dans des couffins de bébés.

20

Ils ont été pour moi le plus beau cadeau que la vie m'ait jamais offert.

Herbal saisit le crayon de charpentier et dessina une croix sur le faire-part de décès du journal, deux traits grossiers qui avaient l'air d'avoir été taillés au burin sur une pierre tombale.

Maria da Visitação lut le nom du disparu : Daniel Da Barca. Et au-dessous, le nom de sa femme, Marisa Mallo, celui de son fils et de sa fille et ceux d'une interminable ribambelle de petits-enfants.

Sur l'en-tête à droite, à la manière d'une épitaphe, on pouvait voir un poème d'Antero de Quental. Maria da Visitação le lut lentement avec son portugais à l'accent créole :

Mas se paro un momento, se consigo
fechar os olhos, sinto-os a meu lado

Herbal ! tu vas m'abîmer cette fille avec ta littérature !

Manila, qui venait de descendre du premier
étage, était en train de se servir un café au
comptoir. Aujourd'hui elle avait l'air de bonne
humeur.

Moi, je n'ai connu qu'un homme qui savait des
poèmes. C'était un curé ! Ses poèmes étaient
magnifiques, ils évoquaient les merles et l'amour.

Tu as connu un curé poète, toi ? plaisanta
Herbal. Eh bien, ça devait faire un superbe
couple !

C'était un homme charmant. Un vrai gentle-
man, contrairement à d'autres que je connais et
qui portent la soutane. Il s'appelait don Faustino. D'après lui, Dieu était certainement une
femme. Quand il s'habillait en civil pour aller
faire la fête, il disait : Dieu lui-même ne pourrait pas me reconnaître, qu'en pensez-vous ? Il
était un peu naïf. On lui a fait une vie impossible.

Elle avala son café d'un trait : Bon, maintenant arrêtez vos plaisanteries, on ouvre dans
une demi-heure.

---

1. En portugais dans le texte : Mais si je m'arrête un
instant, si je parviens / à fermer les yeux, je les sens à mes
côtés / Une nouvelle fois, ceux que j'ai aimés : ils vivent à
l'intérieur de moi...

Je ne les ai jamais revus, raconta Herbal à Maria da Visitação. J'ai su que Marisa avait eu un fils alors qu'il se trouvait encore à San Simón. C'était l'enfant de leur nuit de noces ! Le docteur Da Barca fut libéré dans les années cinquante et ils partirent pour l'Amérique. C'est la dernière chose que j'ai sue d'eux. Je ne savais même pas qu'ils étaient rentrés en Espagne.

Herbal fit un tour de passe-passe avec le crayon de charpentier. Il le manipulait comme si c'était un doigt qui se serait détaché de sa main.

Moi, ma vie changea très rapidement. Après avoir conduit le prisonnier à San Simón, je suis retourné à La Corogne. J'ai retrouvé ma sœur qui était très malade. Je veux dire : malade de la tête. J'ai tué Zalito Puga d'un coup de fusil. Bon, en réalité j'ai tiré trois fois. C'est d'ailleurs ça qui m'a perdu. J'avais tout calculé. J'avais l'intention de dire que le coup était parti tout seul alors que je nettoyais mon arme. En ces temps-là, ça arrivait souvent. Mais, au dernier moment, j'ai perdu les pédales et j'ai tiré trois coup de fusil. On m'a viré du régiment et je me suis retrouvé en taule. C'est là-bas que j'ai connu le frère de Manila. Elle, je l'ai connue lors des visites qu'elle lui rendait. Quand j'ai été libéré, elle m'a dit : J'en ai marre de ces putains de maquereaux. J'ai absolument besoin d'un homme qui n'ait peur de rien.

Voilà comment j'ai atterri ici.

Et qu'est devenu le peintre ? demanda Maria da Visitação.

Il est venu me voir une fois en prison. Un jour où j'étais très angoissé, un jour où j'avais vraiment besoin de prendre l'air. Le défunt me fit un brin de conversation et mon angoisse disparut. Il m'expliqua : Tu sais ? J'ai enfin retrouvé mon fils. Il peint des maternités.

Ça, c'est bon signe, lui dis-je. C'est vraiment un signe d'espoir.

C'est bien, Herbal. On voit que tu commences à comprendre la peinture.

Et le peintre n'est jamais revenu ? demanda Maria da Visitação.

Non, il n'est jamais revenu, mentit Herbal. Comme aurait dit le docteur Da Barca, il s'est perdu dans une éternelle indifférence.

Maria da Visitação avait les yeux extrêmement brillants. Elle avait appris à retenir ses larmes, mais pas à contrôler son émotion.

Regarde ses reflets de camélias derrière la pluie, dit le peintre à l'oreille d'Herbal. Offre-lui donc le crayon ! Offre le crayon à cette jolie brunette !

Tiens, je t'en fais cadeau, dit-il en lui tendant le crayon de charpentier.

Mais...

Prends-le, je t'en prie.

Manila frappa dans ses mains comme elle le

faisait tous les jours avant d'aller ouvrir la porte du club. Un client attendait déjà au-dehors.

Ce type-là est déjà venu l'autre jour, dit Herbal. Sa voix avait soudain changé. Sa voix de surveillant : Eh bien, voilà du travail pour toi, ma belle !

Il m'a prise en affection, dit-elle en se moquant. Il m'a raconté qu'il était journaliste. Je trouve qu'il est plutôt déprimé.

Un journaliste déprimé ? Maintenant sa voix était dégoûtée : Prends garde. Il vaut mieux qu'il paye avant d'aller au lit !

Où vas-tu ? lui demanda Manila d'un air étonné.

Je sors un moment. Je vais prendre l'air.

Couvre-toi !

Je ne reste pas longtemps.

Herbal s'appuya contre l'embrasure de la porte. Dans cette nuit pluvieuse et ventée, le néon de la walkyrie scintillait avec une triste obscénité. Le chien du cimetière de voitures aboyait en direction des phares qui défilaient sur la route. Herbal était oppressé et il aurait bien aimé qu'une rafale d'air l'anéantisse du dedans. Puis il la vit enfin s'approcher de lui sur le chemin sablonneux qui menait à la route. C'était la Mort avec ses souliers blancs. Instinctivement il se tâta l'oreille pour toucher le crayon de charpentier. Allez viens, salope, je suis sans défense à présent !

Pourquoi demeurait-elle si silencieuse ? Pourquoi ne maudissait-elle pas cette putain de Vie et l'accordéoniste souriant qui était parti avec elle ?

Rentre, Herbal ! lui cria Manila en le couvrant avec son châle de dentelle noire. Qu'est-ce que tu fais là-dehors, tout seul comme un chien ?

La douleur fantôme, murmura-t-il entre ses dents.

Qu'est-ce que tu dis, Herbal ?

Rien.

Rien du tout.

DU MÊME AUTEUR

Aux Éditions Gallimard

LE CRAYON DU CHARPENTIER, 2000. (Folio n° 3657)

Aux Éditions Métailié

EN SAUVAGE COMPAGNIE, 1997.

COLLECTION FOLIO

Dernières parutions

3450. Patrick Lapeyre — *Sissy, c'est moi.*
3451. Emmanuel Moses — *Papernik.*
3452. Jacques Sternberg — *Le cœur froid.*
3453. Gérard Corbiau — *Le Roi danse.*
3455. Pierre Assouline — *Cartier-Bresson (L'œil du siècle).*
3456. Marie Darrieussecq — *Le mal de mer.*
3457. Jean-Paul Enthoven — *Les enfants de Saturne.*
3458. Bossuet — *Sermons. Le Carême du Louvre.*
3459. Philippe Labro — *Manuella.*
3460. J.M.G. Le Clézio — *Hasard* suivi de *Angoli Mala.*
3461. Joëlle Miquel — *Mal-aimés.*
3462. Pierre Pelot — *Debout dans le ventre blanc du silence.*
3463. J.-B. Pontalis — *L'enfant des limbes.*
3464. Jean-Noël Schifano — *La danse des ardents.*
3465. Bruno Tessarech — *La machine à écrire.*
3466. Sophie de Vilmorin — *Aimer encore.*
3467. Hésiode — *Théogonie et autres poèmes.*
3468. Jacques Bellefroid — *Les étoiles filantes.*
3469. Tonino Benacquista — *Tout à l'ego.*
3470. Philippe Delerm — *Mister Mouse.*
3471. Gérard Delteil — *Bugs.*
3472. Benoît Duteurtre — *Drôle de temps.*
3473. Philippe Le Guillou — *Les sept noms du peintre.*
3474. Alice Massat — *Le Ministère de l'intérieur.*
3475. Jean d'Ormesson — *Le rapport Gabriel.*
3476. Postel & Duchâtel — *Pandore et l'ouvre-boîte.*
3477. Gilbert Sinoué — *L'enfant de Bruges.*
3478. Driss Chraïbi — *Vu, lu, entendu.*
3479. Hitonari Tsuji — *Le Bouddha blanc.*
3480. Denis Diderot — *Les Deux amis de Bourbonne* (à paraître).

3481. Daniel Boulanger — *Le miroitier.*
3482. Nicolas Bréhal — *Le sens de la nuit.*
3483. Michel del Castillo — *Colette, une certaine France.*
3484. Michèle Desbordes — *La demande.*
3485. Joël Egloff — *«Edmond Ganglion & fils».*
3486. Françoise Giroud — *Portraits sans retouches (1945-1955).*
3487. Jean-Marie Laclavetine — *Première ligne.*
3488. Patrick O'Brian — *Pablo Ruiz Picasso.*
3489. Ludmila Oulitskaïa — *De joyeuses funérailles.*
3490. Pierre Pelot — *La piste du Dakota.*
3491. Nathalie Rheims — *L'un pour l'autre.*
3492. Jean-Christophe Rufin — *Asmara et les causes perdues.*
3493. Anne Radcliffe — *Les Mystères d'Udolphe.*
3494. Ian McEwan — *Délire d'amour.*
3495. Joseph Mitchell — *Le secret de Joe Gould.*
3496. Robert Bober — *Berg et Beck.*
3497. Michel Braudeau — *Loin des forêts.*
3498. Michel Braudeau — *Le livre de John.*
3499. Philippe Caubère — *Les carnets d'un jeune homme.*
3500. Jerome Charyn — *Frog.*
3501. Catherine Cusset — *Le problème avec Jane.*
3502. Catherine Cusset — *En toute innocence.*
3503. Marguerite Duras — *Yann Andréa Steiner.*
3504. Leslie Kaplan — *Le Psychanalyste.*
3505. Gabriel Matzneff — *Les lèvres menteuses.*
3506. Richard Millet — *La chambre d'ivoire...*
3507. Boualem Sansal — *Le serment des barbares.*
3508. Martin Amis — *Train de nuit.*
3509. Andersen — *Contes choisis.*
3510. Defoe — *Robinson Crusoé.*
3511. Dumas — *Les Trois Mousquetaires.*
3512. Flaubert — *Madame Bovary.*
3513. Hugo — *Quatrevingt-treize.*
3514. Prévost — *Manon Lescaut.*
3515. Shakespeare — *Roméo et Juliette.*
3516. Zola — *La Bête humaine.*
3517. Zola — *Thérèse Raquin.*
3518. Frédéric Beigbeder — *L'amour dure trois ans.*
3519. Jacques Bellefroid — *Fille de joie.*
3520. Emmanuel Carrère — *L'Adversaire.*

3521. Réjean Ducharme — *Gros Mots.*
3522. Timothy Findley — *La fille de l'Homme au Piano.*
3523. Alexandre Jardin — *Autobiographie d'un amour.*
3524. Frances Mayes — *Bella Italia.*
3525. Dominique Rolin — *Journal amoureux.*
3526. Dominique Sampiero — *Le ciel et la terre.*
3527. Alain Veinstein — *Violante.*
3528. Lajos Zilahy — *L'Ange de la Colère (Les Dukay tome II).*

3529. Antoine de Baecque
et Serge Toubiana — *François Truffaut.*
3530. Dominique Bona — *Romain Gary.*
3531. Gustave Flaubert — *Les Mémoires d'un fou. Novembre. Pyrénées-Corse. Voyage en Italie.*
3532. Vladimir Nabokov — *Lolita.*
3533. Philip Roth — *Pastorale américaine.*
3534. Pascale Froment — *Roberto Succo.*
3535. Christian Bobin — *Tout le monde est occupé*
3536. Sébastien Japrisot — *Les mal partis.*
3537. Camille Laurens — *Romance.*
3538. Joseph Marshall III — *L'hiver du fer sacré.*
3540 Bertrand Poirot-Delpech — *Monsieur le Prince*
3541. Daniel Prévost — *Le passé sous silence.*
3542. Pascal Quignard — *Terrasse à Rome.*
3543. Shan Sa — *Les quatre vies du saule.*
3544. Eric Yung — *La tentation de l'ombre.*
3545. Stephen Marlowe — *Octobre solitaire.*
3546. Albert Memmi — *Le Scorpion.*
3547. Tchékhov — *L'Île de Sakhaline.*
3548. Philippe Beaussant — *Stradella.*
3549. Michel Cyprien — *Le chocolat d'Apolline.*
3550. Naguib Mahfouz — *La Belle du Caire.*
3551. Marie Nimier — *Domino.*
3552. Bernard Pivot — *Le métier de lire.*
3553. Antoine Piazza — *Roman fleuve.*
3554. Serge Doubrovsky — *Fils.*
3555. Serge Doubrovsky — *Un amour de soi.*
3556. Annie Ernaux — *L'événement.*
3557. Annie Ernaux — *La vie extérieure.*
3558. Peter Handke — *Par une nuit obscure, je sortis*

de ma maison tranquille.

3559. Angela Huth — *Tendres silences.*
3560. Hervé Jaouen — *Merci de fermer la porte.*
3561. Charles Juliet — *Attente en automne.*
3562. Joseph Kessel — *Contes.*
3563. Jean-Claude Pirotte — *Mont Afrique.*
3564. Lao She — *Quatre générations sous un même toit III.*
3565. Dai Sijie — *Balzac et la Petite Tailleuse chinoise.*
3566. Philippe Sollers — *Passion fixe.*
3567. Balzac — *Ferragus, chef des Dévorants.*
3568. Marc Villard — *Un jour je serai latin lover.*
3569. Marc Villard — *J'aurais voulu être un type bien.*
3570. Alessandro Baricco — *Soie.*
3571. Alessandro Baricco — *City.*
3572. Ray Bradbury — *Train de nuit pour Babylone.*
3573. Jerome Charyn — *L'Homme de Montezuma.*
3574. Philippe Djian — *Vers chez les blancs.*
3575. Timothy Findley — *Le chasseur de têtes.*
3576. René Fregni — *Elle danse dans le noir.*
3577. François Nourissier — *À défaut de génie.*
3578. Boris Schreiber — *L'excavatrice.*
3579. Denis Tillinac — *Les masques de l'éphémère.*
3580. Frank Waters — *L'homme qui a tué le cerf.*
3581. Anonyme — *Sindbâd de la mer et autres contes des Mille et Une nuits, IV.*
3582. François Gantheret — *Libido Omnibus.*
3583. Ernest Hemingway — *La vérité à la lumière de l'aube.*
3584. Régis Jauffret — *Fragments de la vie des gens.*
3585. Thierry Jonquet — *La vie de ma mère !*
3586. Molly Keane — *L'amour sans larmes.*
3587. Andreï Makine — *Requiem pour l'Est.*
3588. Richard Millet — *Lauve le pur.*
3589. Gina B. Nahai — *Roxane, ou Le saut de l'ange.*
3590. Pier Paolo Pasolini — *Les Anges distraits.*
3591. Pier Paolo Pasolini — *L'odeur de l'Inde.*
3592. Sempé — *Marcellin Caillou.*
3593. Bruno Tessarech — *Les grandes personnes.*
3594. Jacques Tournier — *Le dernier des Mozart.*

3595. Roger Wallet — *Portraits d'automne.*
3596. Collectif — *Le Nouveau Testament.*
3597. Raphaël Confiant — *L'archet du colonel.*
3598. Remo Forlani — *Émile à l'Hôtel.*
3599. Chris Offutt — *Le fleuve et l'enfant.*
3600. Marc Petit — *Le Troisième Faust.*
3601. Roland Topor — *Portrait en pied de Suzanne.*
3602. Roger Vailland — *La fête.*
3603. Roger Vailland — *La truite.*
3604. Julian Barnes — *England, England.*
3605. Rabah Belamri — *Regard blessé.*
3606. François Bizot — *Le portail.*
3607. Olivier Bleys — *Pastel.*
3608. Larry Brown — *Père et fils.*
3609. Koestler/Albert Camus — *Réflexions sur la peine capitale.*
3610. Jean-Marie Colombani — *Les infortunes de la République.*
3611. Maurice G. Dantec — *Le théâtre des opérations.*
3612. Michael Frayn — *Tête baissée.*
3613. Adrian C. Louis — *Colères sioux.*
3614. Dominique Noguez — *Les Martagons.*
3615. Jérome Tonnerre — *Le petit voisin.*
3616. Victor Hugo — *L'Homme qui rit.*
3617. Frédéric Boyer — *Une fée.*
3618. Aragon — *Le collaborateur et autres nouvelles.*
3619. Tonino Benacquista — *La boîte noire et autres nouvelles.*
3620. Ruth Rendell — *L'Arbousier.*
3621. Truman Capote — *Cercueils sur mesure.*
3622. Francis Scott Fitzgerald — *La Sorcière rousse.*
3623. Jean Giono — *Arcadie... Arcadie.*
3624. Henry James — *Daisy Miller.*
3625. Franz Kafka — *Lettre au père.*
3626. Joseph Kessel — *Makhno et sa juive.*
3627. Lao She — *Histoire de ma vie.*
3628. Ian McEwan — *Psychopolis et autres nouvelles.*
3629. Yukio Mishima — *Dojoji et autres nouvelles.*
3630. Philip Roth — *L'habit ne fait pas le moine .*
3631. Leonardo Sciascia — *Mort de L'Inquisiteur.*
3632. Didier Daeninckx — *Leurre de vérité et autres nouvelles.*

Composition Graphic-Hainaut.
Impression Société Nouvelle Firmin-Didot
à Mesnil-sur-l'Estrée, le 7 mars 2002.
Dépôt légal : mars 2002.
Numéro d'imprimeur : 58907.

ISBN 2-07-042227-5/Imprimé en France.

6668